monadshinsho

モナド新書 013

ノンフィクションにだまされるな!

百田尚樹『殉愛』上原善広『路地の子』のウソ

角岡伸彦

にん

m inshо

はじめに

活字と本が好きで、地方紙の記者を経てライターになった。好きな書き手や関心のあるテーマを中心に、年間を通して少なくないノンフィクションを読む。仕事がらみで目を通す本もある。

その中で、ここ10年で目立って酷《ひど》い作品が2冊あった。『殉愛』（百田尚樹、幻冬舎、2014年）と『路地の子』（上原善広、新潮社、2017年）である。

前者は14年に食道がんで亡くなった、歌手・司会者のやしきたかじんを看取った妻の看病記で、30万部を超えるベストセラーだ。私はそれ以前に、やしきたかじんの評伝を書くために、関係者を取材していた。『殉愛』に登場する、たかじんに縁ある人物の中には、およそ実像とはかけはなれた描写が少なからずあった。

この作品は発刊から時間が経ち、今では書店の本棚であまり見かけなくなった。とはいえ、作中の登場人物から著者と版元が訴えられ、うち元マネージャーが原告となった裁判が終わったのは、18年の秋である。

『殉愛』の内容の真偽について、作者の百田尚樹（敬称略、以下同）はこれまで多くを語らなかった。そのため私は、裁判所における彼の証言の一言一句に耳を傾けた。

著者の百田尚樹は、『殉愛』刊行後、日本の通史に挑んだ『日本国紀』（幻冬舎、2018年）を刊行し、これも65万部のベストセラーとなった。だが、俗説の採用や自己主張が目立ち、その手法は自己流の取材で裏付けが取れたと強弁する『殉愛』を髣髴《ほうふつ》とさせた。

百田の本業はテレビ番組の構成作家であり、ノンフィクションも歴史研究も門外漢である。だからといって、異業種に参加すべきではないと言いたいわけではない。それぞれの分野には、守らねばならない掟《おきて》や則《のり》がある。

ノンフィクションや通史において、特定の人物を陥《おとし》れたり、政治的主張を差し挟んだりしてはならないはずだ。本書では、法廷での自作ノンフィクションに関する弁明を検証した。稀代のベストセラー作家の〝別の貌《かお》〟が見えてくるはずだ。

もう1冊の『路地の子』は、ノンフィクション作家・上原善広の父親の評伝である。被差別部落に生まれ、少年時代から食肉の世界に飛び込み、やがて経営者として成功する父親は、「金さえあれば差別なんてされへんのや！」と嘯《うそぶ》き、商売に邁進《まいしん》する。

ところが、父親をはじめ登場人物の多くが仮名で、部落解放運動の活動家は、父親の信条を地で行くかのごとく、利権にしか関心がない。その構図に収めるべく、著者は史実を書き換えていた。同和行政に対する知識も乏しく、記述に間違いが多い。これほど誤記を含む部落問題関連本を私は他に知らない。

だが、この作品は少なくない読者を得て、識者からも高い評価を受けた。〝ノン・ノンフィクション〟が、なぜ彼らを魅了することができたのか？　著者が読者《マジョリティ》に向けたメッセージとは何だったのか？

ノンフィクションの基本は、事実をあるがままに記録することであろう。そこに多数の嘘が混じれば、それはもう、ノンフィクション作品とは言えない。

ここ数年、国内外でのフェイクニュースが大きな問題としてクローズアップされている。偽情報の跋扈《ばっこ》は、事実を覆《おお》い隠し、読者を間違った方向に導く。偽ノンフィクションも同じである。ありもしない事実を再現し、また歴史を捻《ね》じ曲げるのは危険だ。

本書が、ノンフィクションとは何かを考える一助となれば幸いである。

ノンフィクションにだまされるな！

百田尚樹『殉愛』上原善広『路地の子』のウソ

——目次

はじめに——3

第1部 百田尚樹『殉愛』裁判の研究——11

〝ノンフィクション〟作品『殉愛』とは／著者と版元、訴えられる／百田尚樹、法廷で迷走／読者が引っ張られるから仮名？／当事者に取材しなかった理由／ルーツを書く意味／「取材には圧倒的な自信」／巨額契約は「聞いてません」／「筆を抑えて書いたつもり」／創作された台詞／どっちを信頼して書くか／誇張した表現で中傷／さくらへの〝信仰〟を告白／名誉棄損は「仕方ない」／「チャンスあれば、また書く」

第2部 上原善広『路地の子』を読む——81

稀に見る酷い本／同胞によるアウティング／部落民が皇族と結婚!?／興味をひくため書いた／父親の評伝？　作者の自伝？／評伝の主人公がなぜ仮名？／百歳超の闘士が大活躍？／解放同盟支部設立年を改ざん／食肉関係はすべて利権？／共産党と部落解放同盟の〝共

通点〟／利権を求めて移り住む？／実在しない担当者が証言／モデルの父親をどう描いたか／「これ、本当に息子さんが書いたの？」／利権享受も腕一本で成功？／父親の愛を求めて性犯罪／知識人はどう読んだか／マジョリティ側の視点／作品はノンフィクションと強弁／解放同盟の抗議と回答／「3人を1人にして表現した」／訂正もまた間違っていた／改訂で最初のテーマが崩壊

第3部 西岡研介×角岡伸彦
［対談］ノンフィクションにだまされるな！——179
肩書きは何？／地方紙での記者修行／売れればいいのか？／『路地の子』のトリック／専門分野は読者に分りにくい／主人公が仮名は「ジ・エンド」／『噂の真相』編集長の功罪／多数派におもねる危険性／会話がやたらと出てくるいかがわしさ

おわりに——211

第1部

百田尚樹『殉愛』裁判の研究

〝ノンフィクション〟作品『殉愛』とは

テレビ司会者であった、故やしきたかじん（本名・家鋪隆仁）は、関西では知らぬ者がいないと言っても過言ではない有名人である。1949年に大阪市内で生まれ、70年代後半に歌手としてデビューしたもののさほど売れず、タレント業にも本腰を入れる。

やがてそのしゃべくりが人気を博し、80年代以降、自らの名前を冠したテレビ・ラジオ番組をいくつも持つに至った。ただし、関西に限っての話である。

本職の歌手としても、『やっぱ好きやねん』（1986年）『東京』（1993年）などのヒット曲を出し、コンサートチケットは、発売後すぐに完売するほどの人気と実力を誇った。

歌手でありながら、バラエティから政治・社会問題まで柔軟にこなすタレントは、そうはいない。その幅広い人脈の中から、橋下徹や吉村洋文ら大阪府知事、大阪市長を担う政治家が巣立っていった。

そのたかじんに11年、食道がんの病魔が襲う。

手術、闘病を経て、一時はテレビ界に復帰するものの再発し、14年に64年の生涯を閉じる。在阪の5テレビ局が主催した偲ぶ会の発起人には、安倍晋三、ビートたけし、秋元康らが名を連ねた。〝たかじん〟の名を冠した複数のテレビ番組が、死後も数年間続くほど人気があった。まさに稀有なケースであろう。

闘病中に32歳年下の女性と交際し、何度か写真週刊誌に報じられた。女性の顔は特定されないように加工され、名前も明らかにされなかった。たかじんは亡くなる3ヶ月前に、その女性と結婚する。

たかじんの死から10ヵ月後の14年11月。たかじんを看取った女性を主人公にした〝ノンフィクション〟が刊行される。百田尚樹著の『殉愛』（幻冬舎）である。

著者の百田は、56年に大阪市内で生まれ、同志社大学を中退後、放送作家となり、在阪の朝日放送制作の「探偵！ナイトスクープ」などの構成を担当する。50歳で初めての小説『永遠の0《ゼロ》』（太田出版、2006年）を出版。その後、本屋大賞を受賞した『海賊と呼ばれた男』（講談社、2012年）などを上梓し、ベストセラー作家となる。

国民的作家となった百田は、一時はNHKの経営委員に就任するなど要職を担ったが、講演で「ナウルとかバヌアツとかツバルはクソ貧乏長屋」「日教組は日本のがん」などと発言し、物議を醸《かも》した。

また、ツイッターで「土井たかこ《ママ》は売国奴」「インフルエンザのお陰でほとんど食欲がない（涙）。せめて、きれいなオネエチャンを食べたい！」などと投稿し、非難を浴びた。ツイッターでの露悪的な書き込みは、現在も続けている。

小説家として全国区に躍り出た百田が、なぜ関西を拠点に活動した、たかじんの妻の物語をノンフィクション作品として書いたのか？　その経緯は後述するが、『殉愛』はこれまで沈黙を続けてきた妻が、華やかなスポットライトを浴び、主役を演じた、いわば〝晴れの舞台〟であった。

純白のカバーに金色のタイトルが刻まれた本の表紙をめくると、やしきたかじんと、その妻・さくらの大写しのツーショットが目に飛び込んでくる。次ページ以降も、顔を近づけたふたりの仲むつまじい姿、そしてさくらが書いた看病日記の表紙、その内容の一部の写真が続く。

それまで写真週刊誌に掲載されたふたりの記事は、私人であったため、さくらの顔も名前も一切載らなかったが、『殉愛』の出版にあたっては、満を持してそれらを公開した。

本の帯には、揃いの赤いTシャツを着て、満面の笑みを浮かべたふたりの写真が掲載され、内容について以下のようにまとめられている。

〈誰も知らなかった、
やしきたかじん、
最後の741日。
2014年1月3日、ひとりの歌手が食道がんで亡くなった。
「関西の視聴率王」やしきたかじん。
ベールに包まれた2年間の闘病生活には、その看病に人生のすべてを捧げた、かけがえのない女性がいた。
この物語は、愛を知らなかった男が、
本当の愛を知る物語である。
『永遠の0《ゼロ》』『海賊とよばれた男』の著者が、
故人の遺志を継いで記す、かつてない純愛ノンフィクション〉

刊行直前には、著者の百田も自らのツイッターで、次作がノンフィクションであることを強調していた。

単行本の発売と同時期に、TBS系列で『金曜日のスマイルたちへ　やしきたかじんSP！　32歳下疑惑の未亡人の真相』が放送された。番組では『殉愛』をもとにした〝実録ドラマ〟が放映され、スタジオ出演した百田は「さくらさんは、たかじんさんを天国に行くために遣わされた天使だと思います」と、目に涙を浮かべながらコメントした。

関西を中心に活動し、西日本では知られていたものの、関東以北ではそれほど有名ではなかった、たかじんにしては、異例の全国放送だった。

その反響を予測していたのだろう、初版は25万部を発行している。純愛ドラマに感動した視聴者が書店にかけつけたのか、発売の1週間後には7万部が増刷された。ノンフィクションとしては、桁違いの発行部数である。

ところが放送直後から、インターネットを中心に、さくらが過去にイタリア人との結婚生活をつづったブログを掲載していたことが話題になった。『殉愛』では、彼女が独身者であるかのように記述されていたからである。

さらに画面に映し出された、たかじんが書いたとされるメモが、本当に彼によるものなのか、議論が巻き起こった。

著者と版元、訴えられる

本の帯にもあるように『殉愛』は、さくらの看病の記録なのだが、彼女をいじめる人物が、何人も登場する。

自分の師匠を取られて嫉妬したとして、元弟子でマネージャーのKは、常にさくらに反抗的で不躾《ぶしつけ》な態度を取る人間として描かれている。たとえば看病疲れでさくらが病室のソファーで寝入ったことを知ったKは「一〇〇パーセントやれないなら、意味がない！」となじったり、事務所の資金を使い込んだかのように書かれたりもした。

さくらの敵役は、Kだけではない。娘やコンサートスタッフ、前妻も登場し、作中で野《や》卑《ひ》な言葉を吐く。

たかじんのたったひとりの娘は、在阪のテレビ局が主催した、たかじんを偲ぶ会で、さくらがスピーチを述べている際に「早《は》よ、やめろ！」「帰れ！」などと大声で野次を飛ばしたと書かれていた。

そもそも公の場で、そのような粗暴な言動をとる実の娘がいるだろうか。

がんの罹患を知った娘は、父親のたかじんに「なんや食道ガンかいな。自業自得やな」とメールしたり、密葬の際に待合室で泣いているさくらに「喪主なんやから、しっかりしいや」と言ったりしたことになっている。百田は娘には一切取材していなかった。

このため、娘は『殉愛』発刊直後の14年11月、同書の発行・発売の禁止を求めると同時に、21ヶ所にわたり、プライバシー侵害・名誉毀損《きそん》されたとし、著者と版元の幻冬舎を東京地裁に提訴した。

一審判決は6ヶ所について「(長女が) 非情という印象を与える」とされ、330万円の支払いを命じた。二審判決では別の一ヵ所も「非常識な人間との印象を与える」とされ、賠償額が365万円に増えた。最高裁まで争われたが、幻冬舎の上告を退け、二審判決が確定した。

私は著者の百田とは何の接点もなかったが、ひょんなことからかかわりが生じた。『殉愛』発刊のわずか1ヶ月半前の14年9月、私はたかじんの評伝『ゆめいらんかね　やしきたかじん伝』(小学館、以下『ゆめいらんかね』) を上梓した。

刊行前、たかじんの晩年を知りたいので、さくらに取材依頼をしたが、返事すらなかった。そのため、たかじんの晩年はわからないことが多く、詳しくは触れていない。

一方で百田は、さくらには取材しているものの、私が話を聞いた娘やマネージャーのKには、インタビューの依頼さえしていない。

ほんまいかいな!? 『殉愛』を読んで、疑問に思う箇所がいくつもあった。明らかに予断と想像で書いている箇所が少なくなかった。

私と同じ大阪市在住であった元マネージャーのKとは、取材後もプライベートな付き合いを続けていた。

たかじんの娘の提訴から約1年後の15年10月。Kは『殉愛』において、自分に関する19点にわたる記述が事実とは異なる、名誉を毀損されたとし、著者の百田と版元の幻冬舎を東京地裁に訴えた。

18年1月に同地裁で開かれた口頭弁論では、Kをはじめ被告の百田、さらに『殉愛』のヒロイン・さくらも証言した。大阪在住の私ではあったが、生の声を聞くべく傍聴席の最前列に陣取った。

3人の証人の中で私がもっとも注目したのは、著者の百田である。訴えられた百田は、どんな弁明をするのだろうか。いったいどのような取材をしたのか。ノンフィクションを書くことをどのように考えているのだろうか…。

『殉愛』の刊行後、その内容を検証した『百田尚樹「殉愛」の真実』（角岡伸彦+西岡研介

＋家鋪渡＋宝島「殉愛騒動」取材班、宝島社、２０１５年）を書くにあたって、数々の不審点を問いただすべく、百田に取材依頼をしたが、さくら同様なしのつぶてだった。

ツイッターでは驚くほど〝饒舌〟な百田だが、この純愛ノンフィクションについては、ほとんど沈黙したままである。その意味で法廷での発言は、めったに聞くことができない絶好のチャンスであった。

裁判でも明らかになったが、『殉愛』のヒロイン・さくらの言動は、多くの矛盾と謎を含んでいる。一部は本稿で触れはするものの、それが目的ではない。

問題は、取材や執筆する際に、取材対象者の言動のおかしさに気付かなかったのかという点である。だまされているにもかかわらず、完成した作品が、結果的に取材対象者の言うがまま、思うがままの美談に仕上がっていたとすれば、これほど恥ずかしいことはない。

何よりも罪なき人を罪人に仕立て上げるようなことが、あってはならない。その意味において、騙《だま》す側よりも、騙されるほうに問題がある。

取材者が嘘をつかれるのは、残念ながらよくあることだ。少しでも自分をよく見せたい、特定の人物を陥《おとしい》れたいと思う人物は少なからずいる。ノンフィクションライターは、取材対象者の虚構を見破り、何が真実であるかを見極めなければならない。でなければ、読者をミスリードすることになりかねない。

百田尚樹、法廷で迷走

Kが原告の裁判の口頭弁論は、午前中にさくら、午後にK、百田の順で双方の弁護士から、それぞれ証人尋問を受けた。ここではあくまでも取材・執筆する側に焦点を当てるので、百田の尋問を中心に記していきたい。

黒っぽいスーツで証言台に立った百田は、まずは被告側の弁護士・喜田村《きたむら》洋一の尋問（主尋問）を受けた。ちなみに喜田村は、ロス疑惑事件や薬害エイズ事件の無罪を勝ち取った辣腕弁護士である。なお、証言者と双方の弁護士・裁判官とのやりとりは、文意が通るよう、また読みやすくなるよう整理した。（　）内は引用者の註である。

喜田村　百田さんは多数の著作がありますけれども、大変お忙しい中で、『殉愛』を出そうとしたきっかけというのは、どういうところにあったのか、裁判所に向けてご説明いただけますか？

百田　２０１４年3月に、たかじんさんの偲ぶ会がおこなわれました。そこでたかじんさんの未亡人と初めてお会いしました。未亡人は「実は主人が百田さんについて書かれているメモがあります。ぜひお見せしたい」ということで（後日）お見せいただいた。同時に、たかじんさんが私に対して、いろいろ語っている言葉を（さくらが）述べられました。私はたかじんさんとは何度も仕事をしたことがあります。いろいろ話を聞いているうちに、これは書く価値がある本かもしれないなと思いました。

百田はさくらと初めて会ったときは、彼女に警戒心を抱いていた。『殉愛』には次のようにつづっている。

〈内心では「生前、親交のなかったたかじんさんが私のことをメモに残すとは考えられない」とは思っていた。もしかして何か私を利用しようとしているのかもしれない。この未亡人はやはり一部の週刊誌に書かれたように、ある種の男たらしかもしれない。用心に越したことはない〉

裁判では「私はたかじんさんとは何度も仕事をしたことがあります」と語っているが、『殉愛』では〈生前、親交のなかったたかじんさんが〉と記している。何度も仕事をしたことがあるなら、親交があったはずである。百田の法廷での証言は、冒頭から迷走していた。

たかじんが書いたメモを見たかった百田は、彼女に会いに行く。裁判から少し離れるが、著者を知る上で重要な事柄なので、しばらく彼の行動にお付き合いいただきたい。

さくらが見せたメモには〈委員会でしっかり守る。発言守る。→弁解の場合は委員会〉と書かれていた。百田はこの記述を『殉愛』で次のように解説している。

〈「委員会で…守る」云々《うんぬん》は、私の発言が国会の場や新聞やテレビでバッシングされているのを、たかじんが知り、自分の番組（「たかじんのそこまで言って委員会」）で、私を守りたいと書いてくれていたのだ〉

さらに解説が必要だろう。百田が言う〝バッシング〟とは、『殉愛』発刊の9ヶ月前におこなわれた東京都知事選（2014年2月3日）が発端となった出来事である。

百田は元自衛隊幹部の田母神《たもがみ》俊雄候補の応援演説で「南京大虐殺はなかった」「(他の候補は)人間のクズみたいなもの」と発言し、マスコミで批判された。

当時、百田がNHKの経営委員を務めていたこともあって、国会でも取り上げられた。百田はこれ以外にも数々の失言を繰り返しているが、国会で問題になったのは、この発言だけである。

南京大虐殺については、百田の本職であるテレビ業界で言えば、日本テレビ制作の『南京事件　兵士達の証言』(15年10月4日放映)『南京事件II』(18年5月13日放映)でその詳細が明らかにされている。

百田は自著『大放言』(新潮新書、2015年)の中で、このときの発言について、南京大虐殺はアメリカが、広島・長崎への原爆投下から目をそらせるために喧伝したと解説している。

〈人間のクズ〉は、他者を罵倒する際にツイッターなどでよく使われる言葉で、まともな作家は公の場では使わない。

その発言内容もさることながら、ここで見ておきたいのは、百田の応援演説は、たかじんが亡くなってから1ヵ月後におこなわれたという事実だ。当たり前の話であるが、亡きたかじんが、百田の応援演説を聞くことはできない。
たかじんが書いたとされる〈委員会でしっかり守る。発言守る。→弁解の場合は委員会〉というメモは、何者かが、たかじんを騙《かた》って書いたか、あるいは百田が勘違いしたか、どちらかであろう。

読者が引っ張られるから仮名？

ふたたび、被告側弁護士による百田への尋問にもどる。

喜田村　『殉愛』の中で、マネージャーであったKさん（法廷では実名）のことを取り上げたのは、どういう観点で必要だったのでしょうか？

百田　Kさんは、弟子の時代から考えると、（たかじんとは）おそらく20年を超える関係やと思うんですが、本の中では欠かせない要素やと思いました。

喜田村　この本はノンフィクションということですけれども、事実を報じるという観点からすると、すべて登場される人物は実名にするということもあろうかと思うんですけれども、Kさんについてイニシャルで表記をされた理由というのは、どういった観点からなんでしょうか？

百田　テレビ局、政治家、それ以外のいろんな人物は、たかじんさんの2年間の闘病生活の中では脇役と言いますか、その他大勢というのは非常に失礼な言い方ですけど、これは事実として書く意味では、実名で書こうと。マネージャーのK氏、それからたかじんさんの娘さん、この方は本名で書くと若干読者がそこに引っ張られる可能性もあるんじゃないかというのがありまして、あえて仮名にいたしました。

喜田村　引っ張られるというのは、（読者が）マネージャーなり、娘さんに関心を持つということですか？

百田　はい。

登場人物が、読者の関心を惹くような重要人物であるならば、仮名にするよりも、むしろ実名にするのが妥当ではないのか。拙著『ゆめいらんかね』では、たかじんを書く上で欠かせない重要人物であったため、Kを実名で書いている（ただ、提訴にあたっては、私人であることから記者発表でも匿名としたため、私もそれに従った）。

言うまでもなく、事実を記録するのがノンフィクションだが、登場人物を仮名にする場合はある。取材した本人が、実名で登場すると迫害、左遷されたり、関係者に迷惑がかかるケースがあるからだ。

ノンフィクションライターは、取材した人物には、極力実名で登場してもらうように交渉する。仮名だと事実ではないことを書いても発覚しにくいからだ。実名だと嘘を書けば、本人や関係者から抗議を受ける。読者が関心を持つから仮名にしたというのは、奇妙な理屈である。

喜田村　さくらさんに対しては、どのくらいの時間、取材されたのでしょうか？

百田　はっきりおぼえてないんですけど、（2014年）4月、5月、6月あたりは、1週間のうち4、5日お会いして、お会いしてないときも電話で聞きまして、おそらく延べで直しますと、200時間ぐらいはあったんじゃないかと思います。

『殉愛』の記述に問題があるとして、たかじんの娘が著者と版元を訴えた裁判でも、百田はさくらへの取材は「概算して200時間は下らない」と証言している。

ところが、『殉愛』のエピローグには、以下のように記されている。

〈取材時間は優に三百時間を超え、取材ノートも二十冊を超えた〉

２００時間と３００時間では、まるで違うではないか。３００時間なら、法廷で虚偽の証言をしたことになる。２００時間なら、自著で1・5倍も盛っている。〝ささいなこと〟と言ってしまえばそれまでだが、ノンフィクション作品を検証する上で、作者が平気で嘘をつく（あるいは書く）人物であるかどうかを見ておくのは重要である。ちなみにこの取材時間については、百田が裁判や関連記事で繰り返し述べている。

さて、それだけ取材時間をかけて、内容はどうだったのか。詳しくは原告側弁護士による百田への尋問で見ていくが、被告側弁護士とのそれで、私にもかかわるやりとりがあるので記しておきたい。

当事者に取材しなかった理由

喜田村　『殉愛』を執筆するに際して、原告に対して取材はしましたか？
百田　してません。
喜田村　どういった観点で、原告に対する取材をしなかったのかを簡単に説明していただけますか？

百田　原告に関しましては、さくらさんを取材しまして、彼女の言葉を裏付けるものとして、テレビ局、プロダクション、そういう方達の話をずっとうかがいました。さらに彼らから聞いたK氏に対する人間評価、あるいは性格評価などもすべて取材いたしまして、『殉愛』に書く内容は事実関係が確認が取れたと私は確信しました。

喜田村　原告個人に対して直接取材をしなかった理由は、事実の確認ができたと判断したということを今、おうかがいしましたけど、他に何か理由はありますか？

百田　取材を始めた時点で、K氏のさくらさんに対する敵意といいますか、一種の憎悪といいますか、こういうことは様々なことから感じておりました。それからさくらさん自身が、（たかじんが）亡くなってからK氏に何とか連絡を取ろうと思ったけど連絡がつかなかったということも聞いています。

それからさらに、たかじんさんが亡くなったあとに、これは受け取り方の問題もありますが、さくらさんに対する嫌がらせのようなものもいくつかありましたんで。これを敢えて取材すると、トラブルの原因になることもあるんじゃないかというようなことも危惧しておりました。

さくらとKが対立していたのは事実である。『殉愛』によると、たかじんは食道がんがわかった直後、Kに「さくらちゃんを秘書にするから、名刺を作れ」と言った。交際相手を秘書にするのは、明らかに公私混同である。そのうち、さくらがマネジャーであるかのように振舞うようになった。これではKの立場がない。

一方、さくらにしてみれば、たかじんのマネジメントに乗り出したいが、Kが邪魔になる（この裁判でも認めている）。

仮にさくらに対する敵意や憎悪を彼女の取材を通して感じたのなら、なおさらKに話を聞きに行かなければならない。一方の話だけを聞いて書くのは危険だ。百田は取材しなかった理由ではなく、逆に是が非でも聞きに行かなければならなかったことを語ってしまっている。

たかじんの死後、さくらがKに連絡をしようとしたが果たせなかったことが、なぜKを取材しなかった理由になるのだろうか。

たかじんの最期を看取ったさくらは、亡くなってから10時間以上を経て、ようやくKに報告している。その後の策略を練っていたのであろう。連絡がつかなかったのではなく、しなかったのではないのか。こういったいきさつも、Kを取材しなければわからない。

喜田村　トラブルというと、どんなことを危惧されたんでしょうか？

百田　いくつかあるんですけども、まず、さくらさんに対する嫌がらせがあるんじゃないかということと、それから本に関しては出版の妨害があるんじゃないかっていうことも多少は心配しました。

喜田村　『殉愛』が出ますと、たかじんさんのお子さん（娘）から、出版社に対して出版の差し止め請求が出されたわけですけれども、そういう点からしても、出版の妨害があり得るんじゃないかという懸念は根拠があったということになりましょうか？

百田　そうですね。あとから考えると、やっぱりその心配は間違ってなかったかなという印象です。

取材をすることと、出版を妨害されることは別問題であろう。むしろ取材をしなかったから、百田は訴えられたのではなかったか。

ルーツを書く意味

百田が主張する〝出版妨害〟を、私自身が受けた経験がある。

拙著『ゆめいらんかね』を出版する9日前の14年9月7日。月刊『WiLL』編集長の花田紀凱《かずよし》（当時、現『月刊Hanada』編集長）から、私の自宅に電話があった。

それ以前に私は、たかじんの番組に出演していた花田に取材依頼をしていた。花田の職場に電話をしたり、ファクスを送ったりしたが、返事は一切なかった。

取材を拒否するのはかまわない。ただ、何らかの形で許諾を意思表示するのが大人であろう。ましてや花田は、取材をする側のマスコミの人間ではないか。その機微を知らないわけではあるまい。

ところが、突然の電話である。

「ファックス、確かに受け取りました。お役に立てなくてすみません。ところで、今度、たかじんさんの本を出すんだよね？　彼が在日コリアンであることも書いてるの？　そんなこと調べられるの？　いやー、心配してるんだよね。それじゃあどうも」

そのような内容だった。たかじんの父親は、戦前に朝鮮半島から大阪に渡って来た在日一世である。それを含めて取材をしていたことが、花田の耳に入ったのだろう。

私が花田から電話を受けた同じころ、さくらはたかじんのすぐ下の弟に電話をかけ、拙著の刊行について「(たかじんが)在日だということを書いてるんです」「こんなん許しといていいんですか？」と述べ、出版の差し止めを勧めた。

病院で最期を看取ったさくらは、前にも触れたように、マネージャーであるKに10時間以上も連絡をしなかったばかりか、たかじんの母親、ふたりの弟にも死を知らせず、密葬にも呼ばなかった。

兄の死や密葬の日程を知らせなかったさくらに不審を抱いていた弟は「どんな本が出ようが、僕は別にどうもあらへん。それよりもこういう時だけ電話してくるというのはどういうことなんや？」と詰問した。

弟は公立中学校の教員として長らく勤め、「人をその出自で差別することは、人間として最も恥ずかしいことや」と生徒たちに伝えていた。また、父親の出自は、関係者や近隣住民には周知の事実だった。

私との電話のやりとりを、花田はさくらに伝えたはずである。というかさくらは、花田に私から聞き出すことを依頼したのだと思う。

後にさくらは花田が編集長を務めていた『W・i・L・L』に「やしきたかじん夫人感涙手記」

を寄稿している。ふたりはいわば、昵懇《じっこん》の間柄であった。

花田から電話がかかってきたとき、私は迂闊《うかつ》にも、さくらが拙著の出版差し止めを画策していることを知らなかった。もし、たかじんの弟が、さくらの策略に乗っていたら、拙著は刊行されなかったかもしれない。

出自や属性を隠さないことが、差別問題解決の上で重要であるのは言うまでもない。それらの情報を、暴露的かつ否定的に描くのは問題である。だが、ルーツがその人物に何がしかの影響を与えているのであれば、書かなければならない。

百田は『殉愛』の中で拙著を指して、次のように批判している。

〈たかじんの死後、彼が生前に公表していなかった父の出自を書いた評伝が出されたりもしたが、彼の生き方や性格に関係することではないので、ここで触れることはしない〉

公表されていない、隠された事実を読むのが、ノンフィクションの醍醐味《だいごみ》であろう。公表された情報を書き連ねるだけでは、行政の広報誌と変わらない。

ルーツを含め、父親の存在は、たかじんの人生に大きな影響を与えた。

兄弟4人は父親に対し、終始敬語を使って接した。長兄は交際していた日本人女性と別れ、在日同胞との結婚を余儀なくされた。次男のたかじんに対しては、浮き沈みの激しい芸能界に入ることに猛反対し、当初は絶縁処分にした。長幼の序を重視する朝鮮半島の儒教文化を体現したのが、たかじんの父親だった。

父親の出自はたかじんの生き方や性格に関係しないというのは、百田がそれを取材していないからだろう。自らの怠慢に理屈をつけるのが百田流である。

あるいは百田が嫌韓派ということも影響しているのかもしれない。『今こそ、韓国に謝ろう　そして、「さらば」と言おう』（飛鳥新社、2019年）の有本香の解説によると、百田は次のようなことを言ったという。

「平気で嘘吐《っ》く人、約束も守らないような人、僕は嫌い。だから韓国嫌いや。これは、僕個人の感想なんやから言うてもかまへんやろ。僕は韓国嫌い！」

まるで駄々っ子である。個人と国家を一緒にして論じること自体が無茶苦茶だが、自分を慕い、メモまで残してくれたたかじんのルーツが朝鮮半島にもあったということが、耐えられなかったのだろうか。

付け加えると、さくらのルーツも朝鮮半島にある。日常会話の中で、彼女がKに、父親が在日韓国人であることを伝えている。対立していたKにも語っているくらいだから、よほど自らのルーツは大事な事柄だったのだろう。たかじんがさくらと結婚したのは、ルーツが共通するという同胞意識もあったのではないか。

たかじんは父親のルーツが朝鮮半島にあることを、周囲にひた隠しにしていた。番組で家族全員の写真が映ることさえ嫌った。交際している女性が同胞であるとわかれば、安心したに違いない。それも含めて、たかじんにとって父親のルーツは、大きな意味を持った。

話を戻すと、百田がたかじんの娘による『殉愛』出版差し止め請求を〝出版妨害〟と言うなら、さくらや花田が私におこなった行為も、同罪である。

「取材には圧倒的な自信」

被告側弁護士は、主尋問の最後に百田に問いかけた。

喜田村　今から振り返って、原告に対する取材をしておけばよかったのかどうかという点については、現在どんなふうにお感じになってますか？

百田　私は自分の取材には圧倒的な自信がありましたので、書いたことは間違いないという自信はありますけれども、でも一方で、やはりK氏に対しても、言い分という言い方は何ですけども、そういう証言を聞いておいても、それなりに意味があったんではないかなと考えています。

取材に対する圧倒的な自信は、いったいどこから生まれてくるのだろうか。その過剰な自信が、一方的な記述につながったのではないのか。自分の立場（被告）が、まったくわかっていない。

物語に「欠かせない要素」（百田）の取材は「それなりに意味」があるどころか、必須だ。取材ができなければ、あるいはしないのであれば、書き方に注意をしなければならないのは、ノンフィクションの常識である。

喜田村　『殉愛』の中で、原告について色々書いてますけれども、取材先から聞いた結果について、事実の誤りであるとか、表現方法で不適切ではなかったかと思っているようなところはありますか？

百田　細かい時間や日時のミスは、もしかしたらあるかとは思いますけれども、K氏のことに関しては、出来る限り裏を取ったつもりですので、ありません。

百田がどう「裏を取った」のか、以下、見ていきたい。

被告側弁護士による百田への尋問のあと、原告側弁護士のそれに移った。被告側の弁護士は喜田村洋一だけだったが、原告側は、向井義博、西田伸祐、原田裕の3人が尋問に加わった。主に質問したのは向井である。

向井は『殉愛』のエピローグで百田が〈読者にはにわかに信じられないかもしれないが、この物語はすべて真実である〉と記したことを本人に確認した上で、問いかけた。

「あなたは、さくらさんとたかじんさんが出会ったころ、さくらさんがイタリア人の方と結婚していたことは聞いていたんでしょうね？」

「そのとき、さくらさんが、まだイタリア人の男性と離婚が成立していないことも知っていましたか？」

百田はいずれの問いにも「はい」と答えた。ちなみにさくらは、最後の夫となった、たかじんを含め、4度結婚している。

『殉愛』によると、さくらは高校を卒業後、大阪の百貨店に勤めたのち、21歳で渡米し1年半暮らした。05年に帰国し、大阪で会社を営む伯父のもとで秘書を務めながら海外を何度も往復したという。その後、ネイリストの資格を取得し、09年にイタリアへ移住、ネイルサロンを開業した――。

あくまでも百田が200～300時間を費やした、さくらへの取材による経歴である。『殉愛』の刊行から4ヵ月後。私を含めたライターが同書を検証し、たかじんの実弟が兄やさくらの実像を語った『百田尚樹「殉愛」の真実』が出版された。

私たちの取材では、さくらは百貨店にあるショップのアルバイト店員をしていたものの、百貨店に勤めていたわけではない。また、渡米などしておらず、結婚して大阪府岸和田市に住んでいた。伯父が営む会社で秘書を務めていた事実もない。いったい百田は、膨大な時間をかけ、どんな取材をしたのだろうか。

『殉愛』によると、さくらは11年末に、フェイスブックでたかじんと知り合う。「犬好きのおじさん」として、たまにフェイスブックでやりとりしていたらしい。繰り返すが、あくまでもさくらの話によると、である。

彼女は芸能人としてのやしきたかじんを知らなかったという。不思議な話があるものだ。

それはともかく、初めて会った日のふたりの会話を『殉愛』から引用する。

〈「ところで、さくらちゃんは日本にはいつまでいるの?」

「年明けの二十日にイタリアに戻ります」

「三週間後かあ」

たかじんは呟《つぶや》くように言った。

「イタリアには彼がいるの?」

「親しい男性はいます」

「恋人じゃないの?」

「違います」とさくらは答えた。「でも、父は彼と結婚したらいいと言いました」

たかじんは少し驚いた顔をした。

一年前、さくらの父がイタリアに来たときに、その彼を見ていたく気に入ったのは事実だ。また彼からはプロポーズもされていた。もっとも彼と結婚するイメージは湧いていなかった。ただ、イタリアでずっと暮らすつもりでいたから、いずれはイタリア人と結婚することになるだろうという思いはあった。もしかしたら父が勧《(ママ)》める彼が相手にな

るかもしれないという気持ちもどこかにあった〉

このあと、たかじんはさくらにプロポーズする。さくらは自分が既婚者であることは一切言わず「気持ちは嬉しいです」と答え、もうすぐイタリアへ帰ることを示唆する。

百田が裁判で証言したように、さくらが既婚者であることを知っていたのなら、なぜ父親が薦めるイタリア人と結婚することになるかもしれない、などと書いたのだろうか。これでは読者を欺《あざむ》いているではないか。

「これは真実ではないですよね？」

原告側弁護士の向井の問いかけに百田は、

「これは私は、当時結婚されてたイタリア人の男性とは違う男性と認識しています」

と意味不明の弁解をしている。〈違う男性〉とは誰なのか？〝第三の男〟がいたのだろうか？

いずれにしても、『殉愛』にあるたかじんとさくら、さくらと父親の会話は、完全なフィクションである。

ちなみにこのシーンに限らず、さくらは全篇にわたって独身者として描かれている。

『殉愛』の後半で、さくらはたかじんと結婚する。このため、ネットでさくらの重婚疑惑が話題になった。

百田はこの問題に関して、『週刊文春』にその顛末《てんまつ》を語っている。同誌の連載エッセイで作家の林真理子が『殉愛』について〈この献身妻が実はイタリア人と結婚していて、重婚の疑いがあるという〉〈どこまで本当なの？　百田さんは騙されたの？〉と疑問を投げかけた（14年12月11日号）。

翌週号で百田は、取材時にさくらの戸籍を見たことがあり、複数の離婚歴があったことも知っていたと弁明している。

であるならなぜ、さくらを未婚者のように描いたのか？　記事によれば、たかじんが妻のプライベートは公表したくないと考え、その思いを汲んだのだという。まるで自分に責任がないかのような言い草である。

はたしてたかじんは、そんなことまで考え、なおかつ誰かに伝えたのだろうか？　百歩譲ってそうであっても、三度の結婚と離婚を繰り返している人物を未婚者のように書くのは、どう考えても無理がある。

『殉愛』の刊行後、ネットで重婚疑惑が取り沙汰されたことにいて、百田は同誌で〈きっかけをつくってしまった私の判断は、失敗だったかもしれないと思っています〉と総括した上で、さくらについて、次のように語っている。

〈私は未亡人に二百時間以上取材して、彼女のたかじん氏への愛は真実のものと感じました。もちろん人の心の奥底に何が潜んでいるか、見えないところはあるでしょう。しかし私は、自分の目に曇りがあったとは思えないのです〉

百田はここでも200時間も取材したと強調している。重要なのは時間ではなく、内容であろう。

ともあれ、たかじんに対するさくらの献身的な看病は、果たして〝真実の愛〟だったのだろうか?

巨額契約は「聞いてません」

『殉愛』の刊行後、さくらの結婚歴に加え、金銭にまつわる疑惑が噴出した。

たかじんが亡くなる9日前、『殉愛』でふたりの会話が、以下のようにつづられている。

〈その日の夕方、たかじんはいきなり遺産の話を始めた。

「さくらには生活できるものは残さないとあかん」

「何もいらないよ。残さなくていい。一緒に連れていってほしい」

「それはあかん！」

彼は強い口調で言った。

「でもお金なんかいらない」

さくらが言うと、彼は少し間を置いて静かな口調で言った。

「ほんなら、お金は寄付してもええか」

「いいよ。ハニーが稼いできたお金だもん」

「でも二人の貯金はさくらのものや。大阪のマンションは気に入ってるから、さくらに残す。会社名義やけど、ぼくの退職金で清算できる」

「そうなの？」

「当たり前や。ローンも全部ぼくが払ってきたし、そういう約束になってるんや」〉

〃ハニー〃とは、たかじんのことである。海外を飛び回った国際人だけあって、呼びかけ方も垢抜けている。

たかじんはさくらに「(マンションは)ぼくの退職金で清算できる」と語っているが、彼が社長を務め、マネージャーKが取締役を務めた事務所(P・I・S)に、退職金規定はない。事実、かつて退職したスタッフには、1円も支払われていない。

後にさくらは、たかじんの退職金(2億9000万円)を求めて事務所を訴えるが、退職金規定のコピーを裁判所に差し出したものの、原本は提出しなかった。けっきょく退職金規定の存在は確認できず、たかじんの遺書にもそれに関する記述がなかったため、さくらの請求は退けられている。

会社名義で借りているマンションを、さくらに譲渡するというたかじんの〝約束〟が、本当にあったかどうかも、かなり怪しい。なぜならそのマンションは、P・I・Sの所有で、事務所がローンを返済していたからである。そもそもたかじんの一存で処分を決めることはできない。

たかじんの死後、問題のマンションは競売にかけられ、さくらの手に落ちた。たかじんの〝約束〟が守られることはなかった。

原告側弁護士の向井は、先に引用した『殉愛』における、たかじんとさくらのやりとりについて触れたあと、百田に問いかけた。

向井　さくらさんがたかじんさんとの間で、生前に業務委託契約を締結して、2年間に1億8000万円ものお金を受け取ることになっていたという事実は、さくらさんから聞いていましたか？

百田　聞いてません。

さくらは午前中の向井の尋問で、たかじんと出会ってすぐに業務委託契約を結んだこと、彼が住んでいたマンションの金庫内の現金1億8000万円は、その報酬であるということこれまでの主張を曲げなかった。

たかじんの死から数週間後。さくらはP・I・Sの顧問弁護士に、たかじん宅の金庫にあった現金は自分のものだったことにしてほしいと懇願した。顧問弁護士にたしなめられると、その後、たかじんと業務委託契約を結んでいたと言い出した（詳細は『百田尚樹「殉愛」の真実』第5章　後妻「さくら」という生き方　後編）。契約があってもなくても、彼女の胆力と行動力には、心底驚かされる。

別の『殉愛』関連の裁判で、さくらは裁判所に業務委託契約書のコピーを提出している。契約書によると、2年間に月額500万円、計1億2000万円を受け取るはずだった。契約内容は〈セクレタリー業務〉〈身体介護、生活援助業務〉などである。

裁判によって契約金額が異なること自体が、その存在の怪しさを伝えて余りある。いずれにしても会ってすぐに、そのような巨額契約を一個人と結ぶだろうか。

ともあれ、業務委託契約書があろうがなかろうが、彼女がその存在を主張したことはまぎれもない事実である。「お金なんかいらない」と言っていた無欲なさくらとは、明らかに異なる。

さくらが言うように、たかじんとの間で業務委託契約があったとすれば、彼女の看病は有り得ないほど割のいいビジネスだったことになる。百田が雑誌に語った〈彼女のたかじん氏への愛は真実のもの〉という言葉が消し飛んでしまうではないか。

業務委託契約の存在を聞かされていなかった百田は、結局さくらに騙されていたわけである。あるいは、そもそものような契約はなかったのかもしれない。いずれにしても百田は、ふたりの関係を〝純愛ノンフィクション〟として読者に伝えてしまった。

百田は『殉愛』のエピローグで、さくらについて次のように書いている。

〈さくらの話を聞いたとき、私は最初、「なんとかわいそうな人だろう」という感想を抱いた。普通の恋人同士なら、美味しいものを食べに行ったり、旅行に行ったり、コンサートを楽しんだりできるのに、彼女はほとんど何も味わうことができなかった。自分の時間のすべて、文字通り二十四時間を看病に費やした。…俗な言い方をすれば、まったく「わりに合わない」〉

たかじんの遺産（約10億円）のおよそ半分にあたる6億円は、生まれ育った大阪市、母校の桃山学院、たかじんが旗振り役となって設立した一般社団法人に寄贈された。さくらはそれらの遺贈の放棄を、各組織に迫ったが果たせなかった。それでも東京と大阪のマンションを含め、少なくとも数億円分の遺産は手に入れている。

敢えて俗な言い方をすれば、充分に元は取れている。結果的に、業務委託契約に匹敵するものは手に入れたはずだ。

それをとやかくいうつもりはない。問題は200～300時間も費やしながら、ヒロインの目的を見抜けず、愛に殉ずる美談にしてしまった作者だ。

「筆を抑えて書いたつもり」

原告側弁護士・向井の百田への尋問は、さくらの結婚歴、金銭にまつわる疑惑について追及したあと、ノンフィクションの根本問題へと推移していった。

向井　ノンフィクションを書く際に、あらゆる角度から取材をおこなうのは、絶対的な前提やと思うんですけど、その大原則があるにもかかわらず、なぜKさんやKさんをよく知っている人、もしくはたかじんさんの娘さんとかに取材をしなかったのか？（記述に）嘘が混ざる可能性は考えなかったのですか？

百田　ノンフィクションというのは、（取材）対象すべて、本人にまで絶対に取材しなければいけないもんではないと私は考えています。過去のノンフィクションで、政治家、有名人、企業家について書かれた本はたくさんあります。それらの本はすべて、本人から証言をとったのか？　あるいはその本人から許諾を取ってない本も、山のようにあります。故人の本を書くときには、許諾も取れません。

どんなノンフィクション、新聞記事でも、100パーセント絶対にそれが正しいということは証明できません。ただ、書き手としては、これは正しいという確信を持ったときに書くもんやと思ってます。ですから今回、私がK氏に関して書いたことも、これはもう間違いないという確信を持って書きました。

フィクションであれノンフィクションであれ、多くの人に取材するに越したことはない。ただし、さまざまな事情で取材対象に話を聞けないケースはある。その場合は関係者に話を聞くなどして、可能な限り多方面から情報を収集する。それを「本人にまで絶対に取材しなければいけないもんではない」と言い切ってしまうのは、それをしなかった言い訳にしか過ぎない。

百田は続けて、大胆にも原告側弁護士に問いかけた。

百田　たとえば向井さん、ノンフィクションを書く場合は、すべて証言をとらなきゃいけないということですが、『百田尚樹「殉愛」の真実』という本では、私、それからさくら氏のことをいろいろ書いてますけど、私に取材依頼は一回もありません。そしてさくらさんに対する取材依頼もありません。でも、書いてます。そういうもんです。

向井　さくらさんに対する取材依頼はあったということは、この前、（２０１7年）10月に宝島社との訴訟で、そういうお話になったのはご存じないですか？

百田　忘れてますね、それは、はい。

向井が言う「宝島社との訴訟」とは、さくらが『百田尚樹「殉愛」の真実』の記述に問題があるとして、宝島社を訴えた裁判である。

争点は①たかじんが書いたとされるメモに、さくらが自分の都合のいいように加筆したかどうか②さくらに解離性同一障害の疑いがあり、最初の結婚後に帰化した、という記述の必要性などである。

原告の請求は、一審二審とも棄却されている。つまり、同書で書かれていることは、真実に相当すると判断されたわけである。ともあれ、この本をめぐる裁判の中で、宝島社の取材班が、百田に取材を依頼した話が出た。

法廷における裁判官や弁護士による証人への尋問は、聞かれたことに答えるのが原則である。証人が尋問者に質問することは許されていない。そういう場ではないからだ。その則《のり》を越えてまで百田が放った反論は、図らずも墓穴を掘る結果になった。

私たち取材班は、百田本人にもインタビューの依頼をしたが、彼からは何の反応もなかった。

取材班が百田とさくらの周辺を調べていると、ふたりの代理人である喜田村洋一（この裁判の被告側代理人でもある）から、両人の名誉を毀損し、プライバシーを侵害する恐れがあるとの警告書が宝島社に送られてきた。

百田はそれも知らなかったのだろうか。あるいは忘れてしまったのだろうか。

原告側弁護士の百田への尋問は、具体的な記述へと移っていった。

向井　『殉愛』を読んでもわかる通り、さくらさんとKさんは、意見の対立とか、ウマが合わないというようなところ、衝突も多々あったように思えるんですけど、そんなさくらさんが、Kさんの言動について、誇張したり、脚色したりというような可能性はなかったのですか？

百田　さくらさんとK氏のふたりだけの会話、これは証明できませんけれども、それ以外の場に証人がいたケースがある場合…

向井　私が聞いているのは、さくらさんとKさんのふたりの場面のことです。

百田　第三者がいる場合においては、テレビ局のプロデューサー、プロダクションの方たち、そういう方たちに徹底して（Kの言動の）裏を取りました。そしてさくらさんがK氏に対して語っていることが、真実であるということが証明されました。

さくら氏とK氏のふたりきりの会話も、私はその通りを書いているわけじゃないんですよ。出来る限り、私は筆を抑えて書いたつもりなんですよ。ここまではおそらく真実であろうということを書きました。

自分が裏を取ったから真実が証明されたという理屈は、かなり強引である。問題は、どのように裏を取ったか、であろう。また、筆を抑えて書いたつもりと語っているが、ではなぜ取材もしていない複数の人物が、あることないことをぺらぺらと語っているのだろうか。

〝裏を取る〟と同様、百田は〝筆を抑える〟という意味も、理解していないのではないか。

創作された台詞

原告側弁護士の向井は、第三者がいるシーンに的を絞った。このあと繰り広げられる法廷でのやりとりに入る前に、問題のシーンを『殉愛』から引用する。たかじんは食道がんの手術を受けたあと、ＩＣＵ（集中治療室）に移された。たかじんがいた病室では、ＫとＵ（たかじんのコンサート運営関係者）、それに看護師長、さくらで以下のやりとりがあったと描かれている。（　）内は引用者の註である。

〈病室に戻ると、さくらがＩＣＵに入ったのを知ったＫとＵが、自分たちもたかじんに会わせろと竹中（看護師長）に要求した。

「すいません。他の患者さんもいらっしゃるので、ＩＣＵに入るのは奥様（さくら）だけにしてください」

竹中が断ると、Ｋが大きな声で言った。

「この女は奥さんでも何でもない。最近、出会っただけや」

「大きな声を出さないでください」

「とにかく、ぼくらもＩＣＵに入る」

「それは駄目です。さくらさんだけです」

「なんで、この女が入れて、ぼくがダメなんや！　ぼくはたかじんを父親のように思ってるんですよ。こんな女よりもずっとたかじんを思ってるんや！」

さくらが「病院の中で揉めるのはやめてください」と言うと、Kは「お前みたいなどこの馬の骨ともわからん女に指図されたくない！」と怒鳴った〉

被告側の弁護士による主尋問でも、百田がKを充分に取材した例として、このICU入室をめぐるシーンに触れている。

百田は、さくらに8冊の看病ノートを彼女にまとめさせ、その上でインタビューを敢行している。原資料をまとめるのは、ライターの仕事である。ノートをさらに本人がまとめれば、そこに主観や嘘が混じる可能性があることに百田は気付かなかったのだろうか。さくらとKは、自他共に認める犬猿の仲だっだのだから。

さて、ICU入室をめぐる原告側弁護士の尋問である。

向井　これは、あなたが看護師の竹中さんと細井さんから聞き取った際のメモということなんですけども、2番の記載（さくらが自らの看病日記をまとめたもの）にあるように、「この女は奥さんでも何でもない」「最近会っただけや」と、そうKさんが言ったという聞き取りメモはありますか？

百田　このページにはないですね。

そこに裁判長の水野有子が割って入り、百田に問いかけた。

水野　（百田の取材ノートの）1枚目には（ない）という趣旨ですね？

百田　このページでね。このページには、ないですね。

向井　（百田の取材ノートの）2枚目、3枚目も見ていただきたいんですけれども、〝こんな女よりもずっとたかじんを思ってるんや〟という聞き取りメモもないですよね？

百田　ないですね、これはね。

向井　あとひとつ。〝お前みたいな、どこの馬の骨ともわからん女に指示されたくない〟などと言ったという聞き取りメモも、ないですよね？

百田　はい。

裁判所に提出された、百田の依頼でさくらが看病日記をまとめたメモ。そこには〈この女、奥さんでも何でもない〉〈大きな声を出さないで下さい〉〈この女は最近出会っただけ〉という百田の書き込みがある。さくらのメモを見ながら、百田が取材した痕跡であろう。

だが、裁判所に提出された、百田が看護師に会って聞いた取材ノートには、それらの記載は一切ない。手術直後については4行、字数にして50字程度のメモがあるだけで、およそ取材と呼べるようなものではない。裁判で病室でのやりとりが争点になっているのだから、Kの発言を看護師に確認した取材ノートを裁判所に提出しなければ意味がない。

つまり百田は、シーンに関係する人物に取材はしているものの、「Kさんは、こんなことを言いましたか?」ときちんと確認していない。取材も法廷戦術も、きわめて拙劣である。「こんな女よりもずっとたかじんを思ってるんや」という『殉愛』のKの発言に至っては、さくらがまとめたメモにさえない。

同じく「お前みたいな、どこの馬の骨ともわからん女に指示されたくない」という記述は、さくらがまとめたメモの中にある「お前なんかにさしずされたない」を元に書いたものであろう。だが「どこの馬の骨ともわからん女に」が書き加えられている。

仮にもさくらは、師匠の恋人である。たとえ年下でもKは、さくらに対して「お前」と呼んだことはない。芸能界の常識であるからだ。会話の内容や呼び方から、さくらに感化された百田のKに対する憎悪が見てとれる。『殉愛』の中のKの発言は、あくまでもさくらの〝自己申告〟であって、看護師らの取材で裏付けられたわけではない。百田はその上に、取材ノートにない台詞まで付け加えている。

被告側が取材を万全におこなった証拠として裁判所に提出した百田の取材ノートは、皮肉にもさくらの記憶が他者の証言によって確認できていないことを証明する結果となった。あまつさえ取材メモにない台詞まで書き加えている。

少なくとも手術後の病室のシーンは、裁判での証言、提出された証拠を見る限り、さくらがまとめた記録を再構成し、創作を加えている。とうてい「『殉愛』に書くべき内容は事実関係は確認が取れた」（百田）とは言えない。

では、このシーンだけが問題なのか？ 自信を持って百田が裁判所に提示した証拠でこれなのだから、他は推して知るべしであろう。

どっちを信頼して書くか

百田の主な情報源が、さくらであることは裁判で明らかになったが、その理由を著者が法廷で語っている。

ＩＣＵ入室問題のあと、争点は金銭にまつわる記述に移った。法廷でのやりとりに入る前に、問題の箇所を『殉愛』から引用する。

食道がんの手術を受けたあと、たかじんはハワイに所有するコンドミニアムで療養する。そこに3人のテレビ番組の制作スタッフが訪問するシーンである。

〈この日、コンドミニアムに集まった三人も、たかじんがさくらに甘えまくっている姿を見て、衝撃を受けている。

会話の途中、たかじんを呆れさせた話が出た。それはKが（たかじんの闘病中に）番組収録のスタジオにほとんど顔を出していなかったというものだ。Kはたかじんには、毎回収録に立ち会っていると言っていた。そのためにたかじんは「これで差し入れを持っていってくれ」と金も渡していたのだ。

私の取材に対して、三局のプロデューサーたちは言った。

「たかじんさんの休養中の二年間に、Kさんの顔を見たのは一回か二回くらいです」
日置たちの話を聞いたたかじんは、
「あいつはそんなやっちゃ」
と苦笑した〉

この記述に関して、原告側弁護士が百田に問うた。

向井　Kさんがたかじんさんに対して、毎回収録に立ち会っていると言ったところとか、たかじんさんがKさんに、これで差し入れを持っていってくれと金を渡していたというところは、さくらさんだけから聞いた話ですよね？

百田　そうです。

向井　この書き方だと、Kさんが本来行くべき収録にも行かずに、たかじんさんから渡されたお金をネコババしていたようにも読めるんですけれども、何かそういう意図はありましたか？　そういうふうにあなたは感じたということですか？　Kさんが、たかじんさんから渡されたお金を自分のポケットに入れたというふうに感じておられましたか？

百田　その疑いもあるかなと思いました。

Kはたかじんに、「これで差し入れを持っていってくれ」と金銭を渡されたことは一度もない。そもそも渡されていなければ、着服することはできない。

向井　収録に行けば現場でたかじんさんの病状を聞かれるので、Uさんとも話し合ってやってる、たかじんさんにもそのことをちゃんと伝えてるという事情は、あなたは知らないわけですよね？

百田　お言葉ですが、先ほどのK氏の答弁（被告側弁護士による主尋問）を聞きながら、私が聞いていたプロデューサーの言葉とまったく違うかったんで。少なくともふたりのプロデューサーは、（闘病中の）2年間の間に1回か2回見たかなと。私これ、何度も確認しました。

百田の証言は、質問の答えになっていない。向井の質問は、収録現場にどれだけ行ったか、ではなく、なぜ行かなかったのか、その事情を知っていたのか、という点である。論点がずれている。

向井　Kさんへの取材の必要性を、あなたは感じていなかったということですよね？

百田　おそらく聞けば、K氏はまた違うことを言うであろうということは予測できました。じゃあ記述するときに、どっちを信頼して書くかということになるなという考えはありました。

対立しているふたりを取材すれば、両者が違う主張をすることは、ままあることだ。だからこそ双方を取材する必要が生じる。どちらの言い分に真実性があるのか？　それを見極めるには、会って話を聞くしかない。どちらを信頼するかは、会わなければ判断できない。百田の発言は、取材をしていない言い訳にしか聞こえない。

ちなみに百田が取材をした複数のプロデューサーは、裁判所に陳述書を提出していない。『殉愛』の取材には協力しても、裁判を支援しないのは、さくらか百田か、あるいは双方が信用できなくなったからであろう。

誇張した表現で中傷

Ｋが百田と幻冬舎を訴えた裁判で、被告側は前に述べた取材ノートの他にも複数の証拠を提出している。そのひとつが、Ｋの取締役解任通知書だ。

亡くなる1ヶ月余り前の13年11月28日。たかじんは、大阪のマンションから主治医がいる東京の病院に移動し、食道を拡大するステント手術を受ける。その翌日、たかじんはＫから写真入りのメールを受け取った。以下『殉愛』から引用する。

〈「何かあったの?」

さくらが訊いた。

たかじんはｉＰａｄの画面を睨みつけたまま、声になるかならないかの小さな声で、

「許さん――」と呟いた。

「どうしたの?　何をそんなに怖い顔をしてるの」

「これ、見てみい」

たかじんはｉＰａｄの画面をさくらに見せた。あられもない格好をした女性の姿がさくらの目に飛び込んできた。

「何、この写真？　この人、誰？」
「知るか。せやけど、一緒に写ってるのはKや」
そのとき、再びメールの着信があり、また何枚かの写真が添付されていた〉

Kからのメールには、間違って送信したことを詫びる文章が書かれていた。自分が手術している日に女性と過ごしていたことを知った、たかじんは「あいつはクビにする」と怒りをあらわにする。

Kの誤送信は事実だが、たかじんが立腹したというのは、あくまでも百田がさくらから聞いた話である。Kはたかじんが亡くなる直前に、ふたりきりで会った際に謝罪したが、そのことで叱責を受けたことはなかった。

また、裁判所に提出された誤送信写真には、鏡の前でバスローブを着て化粧をしている女性が映っているだけで、「あられもない格好をした女性の姿」はない。また、Kが一緒に映っているわけでもない。こういったディティールは、ノンフィクションを書く際には重要である。

『殉愛』の百田の文章には、まったくの嘘ではないが、事実ではない事柄も盛り込まれている。Kの行動は、軽率のそしりは逃れられない。だが、特定の人物を貶《おとし》めるために、話を誇張して書くのは言語道断である。

『殉愛』によると、手術から3日後、所有する六本木のマンションに戻ったたかじんは、Kを解雇するため、友人の会社経営者に電話し、取締役解任通知書の作成を依頼する。裁判所に提出された解任通知書には、①分不相応な豪遊、異性交遊②収録の立会いを行わず、マネージャー業を怠った③職務上の立場を利用し、不正に1700万円を使い込んだ、などと明記されていた。Kには身に覚えのない一方的な記述だった。

ちなみに裁判所に提出された取締役解任通知書には、たかじんの署名と押印があるが、後者は個人のそれで、会社の代表者印ではない。また、通知書自体がコピーで、原本ではない。署名も押印も他のものを貼り付けた可能性は否定できない。裁判所には原本を提出するのが常識であろう。

百田への反対尋問で、原告側弁護士がこの文書について問うている。

向井　解任通知書が（裁判所に）出てるんですけども、それはあなたはご覧になられましたか？

百田　見ました。

向井　解任通知書は、たかじんさんが知り合いの会社経営者に、12月1日に依頼して作ってもらったと。この会社経営者がどなたかというのは、知らないですよね？　取材しましたか？

百田　してません。

これに先立っておこなわれた原告側弁護士による尋問でも、さくらは解任通知書の作成を依頼した会社経営者が、どこのだれかは知らないと答えた。『殉愛』には12月1日に作成を依頼したと書かれてあり、裁判所に提出された通知書もまったく同じ日付けだった。よほど手際がいいか、後日に何者かが何らかの目的で作成したかのどちらかであろう。

原告側弁護士の百田への尋問を続ける。

向井　当時、P・I・Sに顧問弁護士がいてましたよね？

百田　P・I・Sの顧問、どなたか知りません。

百田がたかじんの事務所であるP・I・Sの顧問弁護士を知らないはずがない。『殉愛』には、2013年の年末に顧問弁護士の吉村洋文（大阪市議、衆議院議員、大阪市長を経て大阪府知事）が、たかじんの遺言書を作成するシーンが出てくる。また、たかじんの死後について、以下の記述がある。（ ）は引用者の註である。

〈（たかじんの死後）徳岡と相原（いずれも番組の制作者）がKとUの居場所を探すと、二人は「P・I・S」の事務所にいることがわかった。
すぐに弁護士が事務所に出向き、「あなたに法的な権限は一切ない」とKに伝え、会社の帳簿と関係書類を没収した。これを調べたところ、かなり帳簿をいじっていることが判明した。さらに後日、P・I・Sが提出した決算書によると、一千二百万円近い使途不明金があることが明らかになった〉

ここに出てくる弁護士が、吉村である。百田は重要な局面で彼を登場させておきながら、さくらから名前さえ聞かなかったのだろうか？

向井　吉村弁護士が（会社の帳簿と関係書類を）没収したということなんですけれども、この点について、吉村弁護士に確認しましたか？

百田　いいえ。

事務所の顧問弁護士が、いわば身内である取締役に対して「あなたに法的な権限は一切ない」と伝えるのも、自分が担当する事務所の帳簿と関係書類を〈没収〉するのも変だ。これではまるで、管理・管轄する行政機関か、不正を摘発する捜査機関ではないか。いずれにしても百田は、大金がからんだ犯罪をにおわせる記述をしておきながら、それを発見した弁護士を取材していない。

向井　P・I・Sには吉村弁護士という顧問弁護士がいたにもかかわらず、わざわざ法律の素人、会社経営者という方に、解任通知書の作成を依頼しているということなんですね？

百田　はい。

向井　その結果、代表取締役（たかじん）が取締役（K）を解任するという内容の、ちょっとわけのわからん通知書になってるんですけど、普通は取締役会（株主総会の言い間違い）

で解任決議ということがあると思うんですけど、こういうのは気にならなかったですか？

百田　あんまりならないですね。もともとP・I・Sというのは、普通の会社じゃないんです。たかじんさんが1人で全部切り盛りしてて、収入もたかじんさんだけですから。ですから、取締とか社員とかいうても、実質的には、それはほとんど関係ないんです。

百田の証言は、支離滅裂である。たかじんはP・I・Sの代表取締役である。その彼が取締役のKを解任するため、通知書を顧問弁護士ではなく、知り合いの会社経営者に依頼するのは奇怪である。

また、事務所P・I・Sの収入が、たかじんの稼ぎであったことは事実だが、それと事務所の切り盛りをすることは、まったく別の話である。たかじんがひとりで処理していたのであれば、マネージャーや事務員は要らない。また、売れっ子タレントが、事務所をひとりでやりくりできるわけがない。

充分に取材をせず、一方の話を鵜呑みにして書いた作品の疑問点をつかれると「普通の会社じゃない」と開き直る。普通でないのは、この作家であろう。

さくらへの〝信仰〟を告白

原告側弁護士の百田に対する反対尋問がひととおり終わり、最後に裁判官（浦上薫史）が質問した。

浦上　さくらさんは原告に対して、どういう感情をお持ちだと思いましたか？

百田　好きではないというのは、わかりました。

浦上　もう少し具体的に言えますか？

百田　嫌いでしょうね。

浦上　そうすると、あなたの取材対象の中心であったさくらさんは、原告のことが好きではない、少なくとも好きではないという方だということはわかって取材を続けておられたと？

百田　はい、それは私もそういう感情で見てましたんで。つまり、これは感情を踏み外した発言であろうか、それとも非常に感情を抑えて事実を語ろうとしているか、私はその点を非常に注意深く見ました。私の目からは、彼女は好悪の感情を非常に抑えて、非常に事実を淡々と語ろうと努力してました。

あたふたしながら感情的に語れば、取材者に怪しまれるではないか。感情を抑えて、事実を淡々と語っているように見えても、結果的に騙されることもある。その嘘を見抜けなかったとすれば、やはり取材する側に問題がある。少なくともKを取材すれば、さくらの言動に疑問が生じても不思議ではない。

浦上　先ほど、原告に対して、なぜ取材をしなかったかという点については、理由も含めてお伺いしたんですが、その他にもたとえば吉村弁護士に対して、何もお聞きにならなかった理由は何かありますか？

百田　特にこの本の中で、非常に重要な役割は持ってなかったと思いました。

吉村弁護士は、たかじんの遺言書を作成したり、たかじんの自宅金庫の現金を確認したり、はたまたさくらにその現金を「自分のものだったことにしてほしい」と言われて諫《いさ》めたり、P・I・Sの帳簿を調べたりと、非常に重要な役割を担っている。

浦上裁判官が重ねて「吉村弁護士を取材するということは考えませんでしたか？」と問

うと百田は、Kが出版後にP・I・Sの取締役を辞任した理由について語りだした。

浦上　出版前の話として、吉村弁護士を取材しなかった理由なんですが？

百田　…そうですね、さくら氏を信用していたというところですね。

つまるところ、百田が作品に登場する人物を取材をしなかった理由は、さくらを信用していたということに尽きる。信用するのはかまわない。だが、その情報源が嘘をついたり誇張して語ったりしていたとすれば、ノンフィクション作品は成立しなくなる。そのために裏付け取材をするのだが、なぜしなかったのかを問われ、特定の人物を信用していたというのでは、単なる信仰告白に過ぎない。

名誉毀損は「仕方ない」

最後に、裁判長の水野有子が、百田に問いただした。この裁判の核心である。

水野　『殉愛』という本を書くことによって、Kさんのプライバシーが害されるのではないかとは思いませんでしたか？

百田　それは心配いたします、少し。

水野　名誉が毀損される部分があるのではないかとは思いませんでしたか？

百田　それも考えました。

水野　それなのに、なぜ書かれたんですか？

百田　たかじんさんは実は、本当に底知れぬ孤独を味わっていた。本来なら最も支えるべきであった唯一の肉親である娘さん。あるいは20何年間ともに生活していたK氏。これが本来、たかじんさんを支えるべきであったと僕は考えてます。その支えを失ってしまった、たかじんさんの孤独を描くには、どうしても仕方ないなと。

たかじんが最期を迎えるにあたって、最も頼りにしていたのは前妻である。百田は本人を取材もせずに、▽前妻がたかじんに復縁を迫っていた▽気性が荒く何度も殴り合いのケンカをした▽密葬での骨上げの際、さくらに「見たことある？　人体模型みたいで、結構グロいよ」と言った、などと書いている。よく訴訟を起こされたなかったな、と思う。

話を戻すと、たかじんは財産の贈与を示唆し、再婚していた前妻に離婚を迫った上で、看病を要請した。自分の死後は再々婚してもいいとまで伝えていた。親や兄弟でさえ知らされなかった密葬に、前妻は呼ばれている。たかじんがよほど信頼し、さくらもそれを認めないわけにはいかなかったのだろう。

たかじんを最も支えなければならなかったのは、実の娘であり、マネージャーだったという百田の弁明は、『殉愛』でふたりを悪者に描いたために訴えられてひねり出した〝こじつけ〟であろう。

ちなみに百田が主張する、最も支えるべきであった肉親は、娘だけではない。たかじんの闘病時には母親は存命だったし、ふたりの弟もいる（長兄はすでに死去）。

また、マネージャーのKとは「20何年間ともに生活していた」わけではない。それではまるで夫婦かカップルではないか。

たかじんがKを頼りにしていたのは事実である。だが、たかじんの孤独を描くためには、マネージャーのプライバシーの侵害、名誉毀損はやむをえないという理屈が成り立つのだろうか。

百田の証言を続ける。

百田　実は私は、この本では書いてないものがだいぶあります。いろんなテレビプロデューサー、まわりの人間に取材したときに、K氏の性格評価、あるいは人間評価をさまざまに聞いてます。そしてそれらはやっぱり、さすがにこれは書けないなっていうことは、私、書いてません。

さらにこれを書くときには、取材の証言者には、このままこれを書いていいかという確認を取ってます。そうした上で、必要最小限を書いたつもりです。

時間の許す限り、できるだけ多くの人に会い、資料を渉猟し、多くの情報やエピソードを収集する。その上で集めた情報を取捨選択するのは、ノンフィクションを書く上で、当たり前の話である。確認もせずに、必要最少限以外のことを何ケ所にもわたって書いたから、被告になったのではないのか。

ちなみに百田は、Kが提訴した約1カ月後の14年11月30日のツイッターで、以下の文章を投稿している。

〈『殉愛』には、敢えて書かなかったことが山のようにある。ある人物たちのことだ。もう、おぞましくて、とても書けなかった。本が汚れると思った。しかし裁判となると、話は別。全部、出すよ！〉

ある人物とは、たかじんの娘、あるいはマネージャーのKであろう。ふたりが原告の、あるいはそれ以外の『殉愛』関連の裁判で、山のようにある〈敢えて書かなかったこと〉は、百田の口からはひとことも出なかった。

作家の言葉とは、こんなにも軽いものなのだろうか。

「チャンスあれば、また書く」

最後の最後に、裁判長が百田に聞いた。

水野　Kさんの名誉やプライバシーを、ある程度、傷つけてもなお、この本を出版することが正しいと、あなたは思ったんですか？

百田　これは難しいですね。これはもう、ものを書く人の、ずっと背負っていかなあかん業やとは思ってますけれども。たとえば純文学作家ですと、自分の家族、身内、友人、こういう人たちのプライバシーもさらしながら書いていく。私はエンタメ作家ですけども、そういう作品はあんまり書かないんですが、ただ、ノンフィクションを書く場合は、常にそういう葛藤はあります。

百田はノンフィクション作品として『殉愛』以外に、ボクサーのファイティング原田の評伝『ＲＩＮＧ』（ＰＨＰ研究所、同研究所から文庫化に際し『「黄金のバンタム」を破った男』に改題）を著している。

ノンフィクション作品は、『殉愛』とあわせてこの2冊だけで、「ノンフィクションを書く場合は」と言えるほどの経験を積んでいない。

そもそもプライバシーを侵害し、名誉を毀損するかもしれないという葛藤があれば、きちんと取材し、書き方に気をつけたはずだ。

水野　そのような葛藤があることを踏まえ、いま、Ｋさんに何かおっしゃりたいことはないですか？

百田　私が書いたことによって、彼がつらい思いをしたということなら、その点に関しては申し訳ないなという気持ちもありますが、しかしながら私は物書きとして、おそらく次に書くチャンスがあっても、また書いたであろうと思います。

傍聴席でこの言葉を聞いたとき、百田が物書きの葛藤など微塵《みじん》も持ち合わせていないことを確信した。

証言を終えた百田は、法廷を去る際、仲間とおぼしき人物に「あの裁判長、ノンフィクションのこと、何もわかってない」と憤っていた。

天に唾するとは、このことを言うのだろう。

怠惰で冷血な人間に書かれたKは、かつてともに仕事をしたテレビ局や番組スタッフが『殉愛』の取材で語ったとされる証言にショックを受けた。彼らは、本当にあんなことを言ったのか…。一時は人間不信に陥った。

提訴から3年――。東京地裁は、2018年11月、〈本件各記載は、専《もっぱ》らさくらへの取材結果に依拠したものであって、被告さくらに対する取材内容は相当に具体的で詳細ではあるが、客観的な裏付けを欠く部分が少なくない〉として、原告側が俎上に挙げた19点の記述のうち15点に問題があるとして、被告に275万円を支払うように命じた。

「自分の取材には、圧倒的な自信があった」

「出来る限り裏を取ったつもり」

百田の法廷での自信満々の証言は、裁判所には通じなかった。

『殉愛』および関連裁判に関して百田に取材依頼したが、返事は得られなかった。

第2部

上原善広『路地の子』を読む

稀に見る酷い本

好みもあろうが、読むに値する書物は、それほど多くはない。だからこそ、書き手は読者を飽きさせないように心がけ、また読んで後悔させない本を著したいと思う。

大阪の被差別部落を舞台にしたノンフィクション作品『路地の子』（上原善広、新潮社、２０１７年６月）は、雑誌の連載時（『新潮45』２０１５年1月〜16年４月）に、ときどき本屋で立ち読みしていた。だが、いい加減な記述が多いため、単行本化されても購入しなかった。

発売からしばらくすると、各週刊誌の書評で取り上げられ、絶賛されだした。それらを抜粋したポップが本屋で立ち、そのうち新聞にもインタビュー記事が載るようになった。

読売新聞（9月25日、大阪本社版夕刊）によると、発売３ヶ月で４刷、１万５０００部が発行されているという。ノンフィクション作品としては、よく売れている。

ひょっとすると本当は傑作で、私の読み方が間違っていたのかもしれない…。そう思い直し、単行本を通読した。稀に見る、酷い本だった。間違いが多く、フィクションが混じっている。こんなものがノンフィクション作品として商品化され、なおかつ評価されていることが不思議でならない。

作者の上原は、20年ほど前から知っている。部落出身で、主なテーマが部落問題だから、同胞であり、同業者でもある。

だが、当初から私は、彼の視点や書き方に疑問を持っていた。

そのひとつは、第1部でも述べたように、ノンフィクションを書く上で避けては通れない、登場人物を仮名にするか実名にするかという問題である。後に詳しく述べるが、『路地の子』はそれらが混交しており、仮名にすることでフィクションを糊塗《こと》しているのではないか、と思わせる記述が散見された。

彼はデビュー当時から現在に到るまで、このような手法を使いながら、ノンフィクションライター、さらにはノンフィクション作家を名乗ってきた。

著者の上原は、1973年に『路地の子』にも登場する大阪府松原市の被差別部落で生まれた。私のほうが10歳年上で、記者・ライターとしても先輩である。なのであからさまな非難は控えてきた。

ただ、橋下徹元大阪市長の出自に関する誤記や、最近問題になっているインターネット版部落地名総鑑に対する考え方については、拙著『ふしぎな部落問題』(ちくま新書、

2016年）の中で批判している。取材不足の上に思い込みが激しく、とてもプロの仕事とは思えなかったからである。

話題となった『路地の子』は、史実に関する看過できない誤記や、仮名実名をめぐってノンフィクションとは何かという重要な問題をはらんでいる。繰り返すが、それは彼のデビュー当初からの一貫した問題点である。早くから指摘していれば、ここまで酷くならなかったのではないかと思わないでもない。

同胞によるアウティング

そもそも彼と初めて出会ったのは、私が99年秋に第1作『被差別部落の青春』（講談社）を刊行してしばらく経ってからだった。彼の希望で、共通の知り合いの部落解放同盟幹部を介して会った。

本は面白かった。自分もライターを志しており、いずれ一緒に仕事ができたら嬉しい——そのようなことを彼は私に語った。そう言われて、悪い気がするわけがない。部落出身のライターは少ない（というか、ほとんどいない）ので、私は同志を得た思いだった。

その後、上原はライター業を本格化させるが、私が一番最初に彼の文章に疑問符をつけたのは、『噂の真相』が廃刊する1号前の記事（2004年3月号）だった。「陰湿な差別の中でカムアウトできない『噂真』最後のタブー『部落出身芸能人』」と題するトップを飾る7ページの特集である。

かつて漫画家の小林よしのりは、才能ある部落出身の芸能人が一堂に会し、その出自を明らかにすることによって差別意識の転換をはかる〝ザ・部落ウルトラ解放フェスティバル〟の開催を提唱した。上原はそれに賛同した上で、この記事の中で次のように記している。

〈皮多部落の肉屋の倅である筆者が思いついたのが『噂の真相』の紙面を会場にして、勝手に「部落解放フェスティバル」の開催をさせてもらおうという計画である。被差別部落出身の有名人の存在について言及することは、『噂の真相』でさえ今まで触れることのなかった絶対タブーであり、人権やプライバシーという側面から考えてもいささか性急な手段であるかもしれない。（中略）今の部落差別をめぐる膠着状態にクサビを打ち込み、部落差別解体の一助になればとの思いを込めてである〉

被差別部落出身という御旗《みはた》があれば、同胞の出自を書くことは許されるとでも考えているのだろうか。前掲の『ふしぎな部落問題』でも批判したが、自らが出自をカミングアウトすることと、他者がそれを暴くのとでは、意味が違うのだ。

前口上のあと、俳優、歌手、漫才師、アイドル、元プロ野球選手、作家などの名前を掲げた上で、「非人系」「地区で生まれ育ってはいないが、祖父母が出身者」「彼女の姓は大阪のある部落に多い姓」「歌手もこなす大物時代劇俳優」などと短い解説をつけている。

ただし、俳優の三国連太郎や作家の宮崎学は、本人がカミングアウトしているので実名だが、それ以外の数十人はすべてイニシャルである（たとえば角岡伸彦であれば「K・N」）。

その理由を末尾で次のように説明している。

〈人権とプライバシーに配慮するために、あえて実名を特定しづらいイニシャルによる表記でしか検証できなかったという限界はあるが、それでも被差別部落の芸能を司る血筋（アイデンティティ）と、そこに暮らす人々の貧困と差別からの脱出への意欲が多くの才能を生み出したことだけは理解してもらえたはずだ〉

被差別部落のほとんどは〈芸能を司る血筋〉とは関係がない。芸能人の輩出は〈貧困と差別〉が密接にかかわっているが、若年層にはあてはまらない。したがって〈貧困と差別からの脱出への意欲が多くの才能を生み出した〉ようにはとうてい読めない。

そもそも小林の唱えるウルトラ解放フェスは、芸能人が顔も名前もさらして一堂に会するからこそ意味がある。〈実名を特定しづらいイニシャル〉にするのでは、まったく意味がないどころか、これは誰を指すのだろうという読者の好奇心をあおりたてるだけである。

しかも明らかに部落出身ではない芸能人も含まれている。

これは部落差別の解体の一助になるどころか、第三者が不用意に個人の出自や属性を暴く〝アウティング〟である。

ある歌手について、上原は次のように記している。

〈○○（本文はイニシャル）は「歌と結婚したから」と生涯独身を貫く発言をしているが、そこまで覚悟しているのなら、ぜひ三国（連太郎）のようにカミングアウトしてほしいと願っておきたい〉

生涯独身を貫く意向と、部落出身をカミングアウトすることと何の関係があるのだろうか。的外れな指摘、論理の飛躍もまた、上原の文章の特徴である。

部落民が皇族と結婚!?

『噂の真相』の特集で、上原は部落出身の芸能人をイニシャルで列記したあと、〝大スクープ〟を用意していた。以下、引用する。

〈最後に触れておきたいのは、ある部落出身者が皇族に嫁いでいるという事実だ。皇族と部落が重なっている、まさに日本最大のタブーなので、報道されたことは一度もない〉

そう述べた上で、上原は〈ある関係者からその確証を得て〉取材に赴く。肝心のその〈確証〉については、何も触れていない。

何県かも明かさず、上原は〈ボロボロのバラック様の建物ばかり〉の〈白山神社が建っている〉〈元は有名な城下町〉をたずねまわる。ここの出身者が皇族に嫁いだことで、行政による同和地区指定が見送られたという。このため同和対策事業は受けていない。

上原が訪れた地が被差別部落であったとしても、皇族に嫁いだ人物がそこの出身である根拠はどこにも書かれていない。関東の被差別部落には白山神社が多いことをこの記事で触れているが、部落でないところにも白山神社が多いとも書いている。つまり、決定打がない。

このあと上原は〈つまり、問題は、皇族ですら、部落民を身内として受け入れているという事実があるということだ〉とたたみかけ、〈この結婚に関しては、当の皇族本人が強く希望したため、宮内庁をはじめとする周囲も押し切られたとされている。まさに快挙といえる話ではないか〉と賞賛している。

私は長い間、部落問題を取材しているが、部落出身者が皇族と結婚したなどという話を聞いたことがない。仮にそんな事実があるとすれば、噂は必ず広がるはずである。

そもそも最も高貴とされる皇族が、蔑まれた歴史を持つ部落出身者と結婚するだろうか。あってはならないと言いたいわけでは、けっしてない。あり得ないのである。

百歩譲って、部落出身者が皇族と結婚していたとしよう。ノンフィクションライター（この当時、彼はそう名乗っている）であれば、なぜそれを実名を挙げてストレートニュースで書かないのか。〈報道されたことは一度もない〉のであれば、大スクープである。それまで報じられなかったのは、〈日本最大のタブー〉などではなく、そんな事実がないからであろう。

興味をひくため書いた

この記事が出てから5年後、私はある雑誌で、上原と対談した（「被差別部落出身者が本音で討論　部落問題は今でもタブーなのか」『サイゾー』2009年2月号、Cyzo）。一緒に仕事をする機会が、初めて訪れたのである。この対談で私は、『噂の真相』のくだんの記事に対する疑問を聞いた。

角岡　タブーと言えば、上原さんは04年に「噂の真相」で、部落出身の著名人を挙げていくという記事を書いてたじゃないですか。あれは、なぜ実名じゃなくてイニシャル表記に？

上原　あれは、編集部とも相談して、実名を出すのをやめたんです。「部落出身というのを隠していない、確実な人は実名を出してもいいのでは」って僕は言ったんですけど、現実的にはやはり無理ですからね。

角岡　あの記事の趣旨が、〝ウルトラ解放フェスティバル〟の誌上開催なのに、「名前を出さないと、全然意味があらへんがな」って思った。むしろ逆に部落出身ということをタブー化・陰湿化させているようにも取れてしまう。「部落出身者が皇族に嫁いだ」なんて衝撃的なことも書いてあったけど、あれは誰のことなの？

上原　また伏字になるけど、××です。

角岡　ええ!?　それはちょっと怪しいなぁ（笑）。いくらなんでもそれはないんじゃない。

（中略）

上原　あの記事については、はっきりいってイニシャルはどうでもいいんです。それは興味もってもらうのが目的で書いただけで、本当の狙いは「こうして皇室に嫁いだ人がいるんだから、差別とかそういうのは時代遅れだよ」ということだったんですけどね。読者にはぜんぜん伝わってなかったみいですけど（笑）。

伏字の部分は「皇后」（現・美智子上皇后）である。伏字は本人の意向か、それとも編集者のそれなのかはわからない。少なくとも本人が了承していることは確かであろう。

上原は部落問題がマスコミの中でタブーであることを、いろんなところで書いたりしゃべったりしている。だが、私に言わせれば、自らがタブーにしている、あるいはタブーに屈しているだけである。

皇族と結婚したという人物の名前や出身地（都道府県）を書かないのは、ネタに自信がないことに加え、誤報を恐れているからであろう。腰が引けているのである。美智子皇后が部落出身者でなければ、〝差別が時代遅れ〟という言辞が意味を成さないことは言うまでもない。

イニシャルについては、どうでもいいと語っているが、不用意に書かれる側にとってはそれで済まされる話ではない。興味を持ってもらうため、と発言しているが、興味をひけば何を書いてもいいのだろうか。この〝興味をもってもらう〟もまた上原の錦の御旗で、後述するが『路地の子』では〝エンタメ〟にとってかわる。

上原が書いた『噂の真相』の記事は、部落出身という立場や小林よしのりのアイデアを利用した、低レベルの曝露《ばくろ》記事（もどき）である。

実名を書かない無責任な執筆方法は、主人公やその他の登場人物が仮名で登場する『路地の子』でも踏襲される。

「出版社にとって、部落問題はハイリスク・ノーリターンだと思うんですよね」

雑誌での私との対談で、そう述べた上で上原は、「今の時点では力不足なので、10年、20年後に力をつけてクオリティを高くして、再び（部落問題に）取り組みたいと思っています」と決意を語っている。

10年もしないうちに彼は部落問題、しかも自分の父親の評伝を書いた。力がついた上での満を持しての取材、執筆だったのか。そのクオリティを検証していきたい。

父親の評伝？　作者の自伝？

2017年の夏、大阪市内の居酒屋で、部落問題研究所の秦重雄《はたしげお》に会った。同研究所は、日本共産党系の研究機関である。

部落問題の研究者が集まった酒席で、たまたま上原善広の話題になり、それやったら彼と同業者の角岡を呼ぼう、ということになったらしい。このときまだ私は、上原の『路地の子』を読んでいない。

ただ、前にも述べたように、雑誌の連載は立ち読みしていたので、登場人物に仮名が多いのが気になると話したら、すでに読んでいた秦は「父親の〝龍造〟は、中上健次の作品に出てくる〝浜村龍造〟だと思いますよ」と教えてくれた。

私はかなり前に中上作品を読んだので、登場人物の名前を忘れていた。ちなみに中上は被差別部落を「路地」と表現し、上原はそれにならって使っている。

秦は同年に京都市内でおこなわれた部落問題研究所主催の「第55回部落問題研究者全国集会」で、上原の『路地の子』を取り上げ、史実の間違いを指摘した。

たとえば部落解放同盟支部の設立年などである。また、解放同盟と共産党の共通点を同和利権の獲得と明記する上原に対し、その浅薄な視点・分析を批判した。的確な指摘だった。

共産党は路線をめぐって部落解放同盟と対立している。その同盟側からも、作品に対する疑問の声が上っている。対立する双方の勢力から批判されるのは、極めて珍しい。上原が両組織を恐れずに書いているからではない。まるでデタラメなのである。

さて、『路地の子』のあらすじは、以下の通りである。

昭和24年生まれの上原龍造（著者の父親）は、大阪府松原市のとば（屠畜場）を持つ被差別部落の更池《さらいけ》で生まれ育ち、中学のころからそこで捌《さば》き職人の見習いとして働いていた。

中3の龍造はある日、極道の見習いをしつつ、とばでも働いていた18歳の武田剛三に呼び出される。場所は2人の職場であるとば。剛三は、生意気で言うことを聞かない龍造を服従させるつもりで拳銃まで持参していた。龍造はとっさにサラシから牛刀を抜き、剛三を追い掛け回す。極道を返り討ちする龍造の豪胆さを描いたシーンである。

その後、捌き職人として腕を上げ、一般地区の恵子（著者の母親）と更池で所帯を持ち、著者を含む4人の子供を授かる。

昭和52年には食肉卸「上原商店」を設立し、経営者の道を歩み始める。同和対策の融資を受けに市役所に出向くと係員から、極道から足を洗い部落解放同盟更池支部員になっていた武田剛三が窓口になっていることを告げられ、断念する。更池支部は、同和利権と組織の勢力拡大のため、昭和54年に結成されていた。

商いを拡大するために龍造は、共産党を率いる味野友映や、右翼で保守系の運動団体の元締である杉本昇と親しくなる。昭和61年には杉本の傘下団体・新同和会の南大阪支部長に就任する。

一方、共産党の味野は「関西食肉協同組合」を設立し、利権の拡大を図る。杉本を使って国と交渉させ、輸入牛肉の割り当ての獲得に成功する。ここにきて利権をめぐり、共産党と右翼・保守連合と部落解放同盟が対立する。

解放同盟系の雄は、更池から数キロ離れた大阪府羽曳野《はびきの》市の被差別部落・向野《むかいの》で、食肉卸の一商店を大企業「カワナン」に成長させた川田萬である。杉本は川田との交渉の場に、暴力団員2人を同席させる。彼らが見せた拳銃におののいた川田は、共産党と保守・右翼連合の利権には口出ししないことを約束する。

杉本に付き、利権を獲得した龍造は、「更池に住み続けると、子どもまで部落、同和と言われる」と身内に説得され、部落外に家を建てる。だが、龍造は愛人をつくって新宅には寄り付かず、たまに帰ってきては恵子や子どもに暴力を振るった。恵子は龍造に仕返しするかのように男をつくり、離婚に到る。

やがて食肉業界は激変にさらされる。平成13年のBSEの発生で、カワナンの川田は輸入肉を国産牛肉と偽り、利益を得るものの、逮捕され世間の非難をあびる。非難の中心にいたのは、解放同盟と敵対する共産党の重鎮の味野である。

BSEの発生や平成14年の同和対策事業の終了で、上原商店の売り上げが落ち込んでいたところに、税務調査が入り、2000万円の追徴課税を課される。だが龍造は、川田から借りていた金でそれを支払った。

中3のころに対決した武田剛三が、更池のとばの社長に就任すると、龍造は新同和会から部落解放同盟に鞍替《くらが》えして生き残りをはかる。

東日本大震災の発生後、龍造は暴落した枝肉《えだにく》を買いあさる。後に食肉流通団体が適正価格で買い取ったため、龍造は純益で5000万円を得る。

「ワシの勘はまだ、鈍ってないと思ったな」

己の才覚と腕一本でのし上がった龍造は、最後にそう語る。

詳しく紹介したのは、書かれた内容を検討するためである。あらすじを読んだらわかるように、父親の評伝である。初版の帯にはこう書かれている。

〈大阪・更池に育ち、己の才覚だけを信じ、食肉業界で伸し上がった「父」の怒濤の人生〉

〈昭和39年、「コッテ牛」と呼ばれた突破者・上原龍造は天職に巡り会う。一匹狼ながら、部落解放同盟、右翼、共産党、ヤクザと相まみえ、同和利権を取り巻く時代の波に翻弄されつつ生き抜いた姿を、息子である著者が描く!!〉

ところが巻末には〈この作品は著者の自伝的ノンフィクションです〉という編集部の注が付されている。〈自伝〉なら、著者の上原が主人公でないとおかしい。なぜ、編集者は巻末にこんな文章を入れたのだろうか。また、校閲担当者は指摘しなかったのだろうか。

評伝の主人公がなぜ仮名？

さて『路地の子』は、くどいほどノンフィクションであることを強調した作品である。本の帯（背表紙）には〈怒濤のノンフィクション!!〉と、びっくりマークが2つも付いている。上原は終章「おわりに」で、自作について次のように記している。

〈龍造から聞いた話は、できる限り一つひとつ路地の人々に確認していった。それで明らかになったのは、龍造が自分について、誇張するどころか淡々と事実を話していたことだった。（中略）誇張どころか若い頃の話については恥じて、控えめに言っているふうであった〉

誇張するどころか淡々と事実を話していた…という記述は、百田尚樹の『殉愛』裁判での証言「(さくらは)非常に事実を淡々と語ろうと努力してました」と重なる。

上原は父親の人生を本人から取材し、関係者に確認したと強調している。著者がそこまで書くなら、編集者や版元がノンフィクションを高らかに謳うのは、むべなるかなではある。

巻頭には〈本文中に登場する人物名は一部、仮名にしてあります〉と明記されている。

ノンフィクション作品で仮名を使うことはある。ただしそれは、頻繁に登場しない人物か、本人の希望で致し方ない場合に限る。

ところが本作品の主人公は、明らかに仮名である。父親が経営する会社名と所在地は、作品の中に出てくる。インターネットで検索すると、父親の写真と実名が掲載されている。上原は作品の主人公をなぜ仮名にしたのだろうか?

ノンフィクション作品は、可能な限り実名で登場してもらうことで、書かれた内容が事実であることが担保される。嘘を書けば本人から抗議を受けるからだ。そのため著者は、最後まで取材をした人物と交渉する。主人公であるならなおさらだ。

帯にもある〈コッテ牛〉は上原によれば、手がつけられない暴れ牛を言い、荒くれ者であった父親がそう呼ばれていたという。「龍造」という名前は、著者の祖父が「牛と龍で敵なしや」ということから名付けたと本文にある。龍造が仮名なのだから、この説明自体がフィクションである。ノンフィクション系のライターである私は、こういうところから引っかかる。

上原の別の著書『日本の路地を歩く』（文藝春秋、2009年）には、コッテ牛は〈言うことを聞かない暴れ馬という意味の大阪弁で、丑年生まれの暴れん坊は皆、そう呼ばれていた〉と説明されている。ヤンチャだった上原自身も母親や近所からそう呼ばれていたとも。

ちなみに『関西ことば辞典』（増井金典、ミネルヴァ書房、2018年）によると、こって牛は牡牛を指し、中部地方から九州まで使われているとある。暴れ馬や生年の干支を意味するわけではない。また、大阪弁でもない。言葉の誤用が多いのも、上原の文章の特徴だ。

著者の父親で、主人公の上原龍造は仮名だが、登場人物のほとんども実名ではない。以下、主な登場人物の簡単なプロフィールと、実名か仮名かを記す。

武田剛三＝更池のとばで龍造と大立ち回りを演じた相手（仮名）

恵子＝龍造の最初の妻で著者の母親（仮名？）

川田萬＝食肉卸の大手企業「カワナン」の創業者。牛肉偽装事件で逮捕される（仮名）
味野友映＝向野の共産党を率いつつ、利権を得るため右翼や龍造を利用（仮名）
杉本昇＝極道と右翼を兼ね、食肉団体・新同和会を統括し、利権がらみで味野と手を組む（仮名）
山口豊太郎＝部落解放同盟更池支部の初代支部長（実名）
山口光太郎＝同2代目支部長（仮名）
山口武史＝極道から足を洗い、支部で教育を担当（仮名）
上田卓三＝元部落解放同盟大阪府連委員長・同中央本部中央執行委員長、代議士（実名）

登場人物のほとんどが仮名だが、ところどころに実名を入れている。そうすることで、エピソードがあたかも事実であるかのように細工されている。

組織名も存在しないものが多い。更池は実際にある地区の呼称だが、部落解放同盟更池支部は存在しない。実在するのは松原支部である。支部から抗議があれば「いや、これ架空の団体なんで」と逃げるつもりだったのだろうか。

龍造が南大阪支部長を務めた食肉団体の新同和会も存在しない。存在しない団体のメンバーが出てきて大物と交渉したり、ヤクザや共産党と共闘したりするのだから、荒唐《こうとう》無稽《むけい》と言うしかない。部落問題や食肉業界をよく知らない読者を煙に巻く詐術である。

ともあれ、ノンフィクションで、主人公はおろか登場人物のほとんどが仮名などという作品が、他に存在するだろうか。

登場人物が仮名である場合、ノンフィクション作品では、名前のあとにそれを記すのが通例だ。たとえば〈角岡伸彦（仮名）〉といった具合に。『路地の子』でそれをおこなえば、ほとんどの名前のあとに（仮名）を入れなければならない。さすがにそれではノンフィクション作品かどうか怪しまれるので明記しなかったのだろう。

ちなみに龍造が、とばで追い掛け回した武田剛三は、極道を経て部落解放同盟更池支部に入り、後年は破綻した、とばの最後の社長になる。ところが実在の最後の社長は、暴力団に加入した経歴はない。ピストルを持って龍造と対峙したという話は、かなり怪しい。この本には、そういった虚実ない交ぜの記述が多い。

複数の地元住民によると、そもそも上原の父親が、とばで大立ち回りを演じたことなど聞いたことがないという。仮にそのような諍《いさか》いがあったとしても、上原が大げさに書いたのではないか、とその住民たちは推測している。

龍造の人物像については、後に詳しく触れたい。

百歳超の闘士が大活躍？

作品の中盤以降、同和利権をめぐって、右翼を操る共産党の闘士が大活躍する場面がある。共産党側の首謀者は、次のように描かれている。

〈羽曳野・向野の共産党系を率いていたのが、建設業を営む味野友映《あじのともえ》だった。味野は水平社時代からの解放運動の闘士だったが、解放同盟が分裂したとき、共産党に身を投じていた。

ただし味野の弟は解放同盟に残り、兄とは袂《たもと》を分かって活動していた。これは向野という路地が、いかに複雑だったかという事実を示している〉

向野で生まれ育ち、水平社時代からの解放運動の闘士で共産党を率い、弟が対立する解放同盟に近い人物といえば和島為太郎《わじまためたろう》しかいない。弟の岩吉は、日弁連の会長や、同和事業を管轄する大阪府同和促進協議会の会長を務めた大物である（2人とも故人）。

ただし為太郎は、建設業を営んでいない。仮名にしたり、ありもしない事実を付け加えたりするのは、何度も言うように、上原が予防線を張っているからである。

本の中の味野友映は、昭和39年から拡大した輸入牛肉の割り当てをめぐる利権を解放同盟から奪うことを狙い、龍造をそそのかして関西食肉共同組合を設立する。

さらに右翼の杉本を使って国と交渉させ、輸入牛肉の割り当てを獲得する。利権を奪った味野は、組合の設立資金として龍造らに貸した２０００万円を返済させる。実にカネに汚い、あくどい男として描かれている。ちなみに、関西食肉共同組合という組織は存在しない。

２０１７年10月に開催された「第55回部落問題研究者全国集会」（部落問題研究所主催）で、発表者の秦重雄は、食肉卸大手「ハンナン」の元会長で、解放同盟向野支部の副支部長を務めた浅田満《あさだみつる》（上原本では川田萬として登場している）が、味野のモデルと考えられる和島為太郎を讃えた文章を紹介した。解放同盟と共産党は、路線をめぐって対立している。以下、浅田の文章を引用する（筆名は満利）。

〈和島さんは、現在の南大阪食肉卸商業協同組合の前身母体であります埴生食肉卸商業組合を、昭和二十一年に設立、以来昭和三十年までの十年間を理事長として在任されました。その間組合の発展、食肉産業の振興のため、幾多の困難を克服し、組合員をリードされつつ諸施策を推進、多大の業績を挙《（ママ）》げられてまいりました。（中略）このように私たち南大阪地区の食肉産業が全国的に有数の市場として発展して今日あるのは、実にか《（ママ）》かって和島さんの卓越した先見性と基盤づくりのご努力が実を結んだものと申し上げて過言ではないと存じます〉『世のため人のため　和島為太郎さんのこと』（和島為太郎の長寿を祝う会編集発行、昭和60年）

敵対勢力からもその人格、業績を賞賛される人間が、上原本では悪徳商人として描かれている。

発表者の秦は、共産党の味野が右翼とつるみ、金儲けに走ることを書いた箇所を逐一挙げた上で「何も知らない読者は、共産党の味野が実在の人物だと思うだろう。清廉潔白を絵にかいたような人物である和島為太郎に対するとんでもない誹謗中傷だ。和島為太郎と共産党をここまで非難するなら実名を出して糾弾すべき」と憤った。もっともな怒りである。ノンフィクションとして書かれているのであれば、実在の人物と考えるのが自然だ。

浅田がモデルの川田は、ＢＳＥの発生後、輸入牛肉を国産牛肉と偽って国に買い取らせた牛肉偽装事件で、２００４年に逮捕される。上原本では次のように記されている。

〈以前から調査をしていた共産党のデータをもとに、マスコミによる批判が激しくなった。

その中心にいたのは、羽曳野の向野出身で共産党の重鎮であった味野友映である。川田萬の写真を入手しようと駆け回っていた週刊誌記者を前に、味野は宿敵の写真をざっと並べて言い放った。

「どれでもええから持っていってや。一番人相が悪いの、選んだってやッ」〉

味野のモデルと考えられる和島為太郎は、明治33年（１９００年）に生まれ、平成元年（89年）に、88歳で亡くなった。89年に亡くなった人間が、２００４年まで生きてしゃべっている。デタラメもいいところである。

仮に味野のモデルが、和島為太郎でなかったとしよう。上原が記述している〈水平社時代からの解放運動の闘士〉が、２００４年まで生存し、マスコミ対応をすることは考えられない。

被差別部落民の運動団体である全国水平社は、１９２２年（大正11年）に結成されている。仮に解放運動の闘士がそのとき20歳だったとすれば、２００４年の時点で１０２歳である。30歳だと１１２歳だ。

牛肉偽装事件の発生時に、そんな超高齢者が週刊誌の記者に宿敵の写真を配り、「一番人相が悪いの、選んだってやッ」などと啖呵《たんか》を切るだろうか。

和島為太郎がモデルであっても、そうでなくても、成立し得ないノンフィクションである。

解放同盟支部設立年を改ざん

単行本の元になった月刊誌『新潮45』の連載（タイトルは『私大阪』だった）を立ち読みしていて最も驚いたのは、部落解放同盟支部が同和利権を獲得するために設立されたという記述だった。そこには「更池」という固有名詞も書かれていた。

部落解放運動が、一部の利権を生んだのは事実である。だが、更池の解放同盟支部が、利権を求めて設立されたというのは、まったくあたっていない。

大阪府松原市の被差別部落・更池は、著者の上原の生地で、彼が小学校1年生まで住んでいた。ところが彼は、部落解放同盟支部の設立＝同和利権の獲得という図式にあてはめるために、ふるさとの部落解放運動史を改竄《かいざん》している。以下、引用する。（　）内は引用者の註である。

〈(寝た子を起こすなという考え方をする住民が大半だった）更池では、昭和四〇年に同和対策審議会答申が出された段階で、ようやく解放同盟の支部創設の気運が高まった。こうした路地は、同和対策事業特別措置法が成立した昭和四四年前後に支部を設立したので、俗に「六九年組」と呼ばれた。

この「六九年組」と呼ばれる路地は、同和利権と解放同盟の勢力拡大のために急ごしらえで事業の窓口となる支部をつくったことからそう呼ばれるようになったのだが、解放運動家たちからは〝後進の路地〟と見られていた〉

被差別部落を〈路地〉とは言わないので〈後進の路地〉と見られるわけはないのだが、それは措《お》く。

更池に部落解放同盟松原支部が設立されたのは、1963年である。〈六九年組〉ではない。自分の利権図式にあてはめるために敢えて改竄したのか、それとも知らなかったのか？　はたまた支部名を変えたから問題ないと思ったのか？　いずれにしても、歴史を無視した偽ノンフィクションである。

〈更池における解放同盟の勢力拡大は、思想信条というよりも「儲かるみたいやからいっちょ噛もや」という、素直といえば素直な住民意識から始まった〉という記述も、事実とは異なる。

寝た子を起こすなという考え方が支配的な地域で、なぜ運動団体が組織されたのか。差別が存在し、また差別を起因とするさまざまな問題があったからだ。更池で部落解放運動が浸透していった大きな要因のひとつは、劣悪な住宅事情を抱えていたからである。

１９６８年3月10日号の『朝日ジャーナル』は、「市役所を糾弾した屠場部落　大阪府・松原市にみる行政闘争」と題する記事を掲載した。支部設立以前の更池の様子が、次のように描かれている。漢数字は洋数字にあらためた。

〈つい5年前まで、この地区にもスラムが存在していたのである。たとえば、ある民間アパートでは、23世帯に便所と下水道が隣りあってひとつずつしかなかった。そのために、婦人たちは朝の3、4時ごろから先を争って洗い場に殺到し、オムツも洗えば米もといだという。建物のいたみもひどく、雨ふりに便所でカサをさして用をたした。窓のない一部屋に家族11人が住んだり、牛舎を改造して家にした人もあって「まるで穴ぐらのような生活」だった。あたりには大小便のニオイが消えず、そんな非衛生さから、3年連続で赤痢が発生した〉

赤痢や結核が多く発生するほど衛生状態が悪かったのである。戦前に水平社運動にかかわっていた食肉業を営む山口豊太郎の尽力で、住宅要求者組合、そして部落解放同盟松原支部が結成される。劣悪な生活環境というやむにやまれぬ事情があったわけで、少なくとも当初は、支部設立と同和利権は、まったく関係がない。

更池の歴史を知らずに、あるいは深く取材せずに書いたのだろうが、住民を愚弄している。63年の支部設立は、他の地区に比べて早いほうで、けっして〈後進の路地〉ではない。69年に設定するから、話がずれてくるのだ。

ちなみに上原一家は、住宅要求者組合・解放同盟支部の運動で勝ち取った改良住宅に住んでいた。父親の龍造は解放同盟員であったと記述されている。

〈実家を肉店に改築する前に、龍造一家は路地の中にある改良住宅と呼ばれる団地へすでに移っていたが、団地に入るには、同盟員でなければ入れなかったからだ〉

同和対策事業で建設された公営の改良住宅に入居するのに、部落解放同盟員である必要はない。現に対立する共産党系や、どの組織に所属していない人々も住んでいた。一任意団体のメンバーでなければ公営住宅に入れないことなどありえない。解放同盟の権勢や、龍造が損得勘定だけで動いていることをあらわしたかったのだろうが、事実に基づかないので説得力がない。

同盟員になった龍造は、改良住宅に入居後、「もう越せたんやからええわい」と同盟を抜ける。よくできた話だ。おそらく父親の同盟への加入と脱会は、別の理由があるはずだ。『路地の子』は全篇にわたって、このようないい加減な記述があり、読み返すたびに新たな発見がある。書いていたらきりがない。ほころびを見つけて喜んでいるわけではない。呆れているのである。

食肉関係はすべて利権?

更池の支部設立の記述に見られるように、この本のキーワードは「利権」「同和利権」である。文中にやたらとこの言葉が出てくる。例えば——。

〈とばから出た内臓を引き取る権利は、それ自体が大きな利権となるのである〉

どんな職業にも業界内の許認可制度がある。大相撲で切符の手配や飲食を提供する茶屋や、祭りなどに欠かせない屋台など、挙げればきりがない。それらはあくまでも権利（商権）であって、利権とは言わない。言葉の使い方が乱暴なのである。

〈やがて他にも従業員を雇うようになると、ミノルを捌《さば》き長に就けて、その日の段取りを任せるようになっていた。龍造自身は同和利権の運営と取引先の新規開拓、枝肉の買い付けに専念するためだ〉

父親が営む食肉卸業を、なぜわざわざ〈同和利権の運営〉と表現する必要があるのだろうか。部落出身者の生業が、すべて利権がらみであるような書き方である。

そもそも「同和利権」という言葉が人口に膾炙《かいしゃ》したのは、同和対策事業の関連法が2002年3月に失効して以降である。

その翌月に、共産党系のライターが執筆し、部落解放同盟の利権体質などを批判した『同和利権の真相』（宝島社）が発売された。シリーズで4冊も発売され、累計数十万部を売り上げた。このシリーズが刊行されるまでは、「同和利権」という言葉はそれほど知られていなかった。後に詳しく検証するが、上原の本は、このシリーズをベースにして書かれている。中には丸写しの箇所もある。

どこまでが権利で、どこからが同和利権なのか。そもそも同和利権とは何なのか。それらを整理せずに、何もかも利権で説明するから、上原本は嘘が多く、内容は支離滅裂である。

言葉の使い方を知らないだけではない。

そもそも上原は、社会運動やそれにかかわる制度がどのようなものであるか、まったく理解していない。こんな文章がある。

〈同対法（同和対策事業特別措置法）ができて以降、国をバックにつけた解放運動は、部

落解放という理想と、金という現実が矛盾したまま回り、走り出すことになる〉

理想と現実が回る、というのも奇妙な表現だが、それはいい。どの公共事業も、財源（カネ）は必要である。例えば貧困対策が、何の財政的基盤もなくできるわけがない。部落問題も同じである。4000ヶ所以上もある被差別部落の環境や生活実態を変えていくのだから、莫大な予算が必要であることは言うまでもない。

つまり〈部落解放という理想と、金という現実〉は、まったく矛盾しない。しないどころか、それがなければ達成できない必要条件である。〈部落〉を〈LGBT〉や〈障害者〉に換えても同じだ。上原は部落やその他の社会問題の解決に財源が要らないとでも考えているのだろうか。

共産党と部落解放同盟の〝共通点〟

上原は「同和利権」という視点で、父親の半生を軸に、戦後の部落解放運動と食肉業界を描いた。建設業者であるにもかかわらず、なぜか食肉利権を漁る共産党の味野友映のふるさと羽曳野市で、昭和48年、共産党員の津田一朗（実名）が市長選を制した。上原は次のように分析している。


〈これはまさに解放運動と同和利権に対する、市民の反作用であった。向野では運動方針を巡って、解放同盟と共産党系とに分裂していた。

同じ路地の中での分裂と対立は、大局的には不毛にしか見えない。

しかし、両者の目指したものに共通点が一つだけある。それが同和利権の獲得だった。津田市政は、まさにこの同和利権の奪い合いの結果、生まれたのだといっても過言ではない〉

津田は市長選で、同和予算が市の財政を圧迫し、建設事業のほとんどが解放同盟系の一建設業者に独占されていることを非難し、乱脈な同和行政を公正かつ民主的なものにあらためることを説いた。同和利権を厳しく批判している側だ。それらの事情は『共産党市長でえらいすんまへん』（津田一朗＋かたおかしろう、1986年、清風堂書店出版部）に詳しい。

これに対して解放同盟は、同和予算は国と府から8割が拠出されており、市の負担は少ない。なおかつ事業内容は、部落差別と密接に関係する診療所や公営住宅、小・中学校の整備事業である、と反論した。『日本共産党は差別を助長して「躍進」する』（塩谷隆弘、「新日本文学」1973年11月号、新日本文学会）で詳述されている。

両者の共通点が同和利権の獲得、というにはかなり無理がある。少なくとも共産党員の津田が、同和利権の獲得をめざしていたという記述は、的外れもはなはだしい。

思い込みだけでノンフィクションが書けるなら、これほど楽なことはない。

本稿を書くにあたって、私は何人かの更池の住民を取材した。上原を知る住民は「彼は小さい頃にムラを出てるので、地元の事情が全然わかってないよ」と語った。

実際に上原は、前にも書いたように、小学1年生のときに更池から他地区に引っ越している。幼いころに離れているので、地元のことを知らなくても不思議ではない。また、知らないことは、けっして恥ずかしいことではない。事情に疎《うと》ければ、取材をすればいいだけの話である。

私が更池の住民に取材してわかったのは、上原が本当に自分のふるさとのことを知らないこと、さらに取材すべき関係者にあたっていない、ということだ。本の中にこんな記述がある。（ ）内は引用者の註。

〈更池には、水保病患者の家族など、地方の社会的弱者が多く移り住んでいた。彼らは新天地大阪にならば仕事があるだろうとやってきたが、仕事を転々として、路地へと流れてきたのだった〉

〈(更池への移住者の)中には遠く熊本で水俣病を患い、地元での偏見から逃れるようにして、更池に移り住んだ者たちもいた〉

前者は更池へ移住したのが水俣病患者の家族、後者は水俣病患者になっている。どちらなのか？　いずれにしても、地元に半世紀以上住む複数の住民によると、更池に水俣病の患者やその家族が移住した例はない。何を根拠に書いているのだろうか？

ただ、更池と水俣病患者のつながりはある。厳しい労働条件や生活環境下にあった更池の屠場労働者や住民は、さまざまな健康問題を抱えていた。

部落解放運動の中から、地元に阪南中央病院が1973年に開設される。同病院は関西在住の水俣病患者――その多くは集団就職などで関西に根づいたのであり、差別から逃れて来たのではない――に対して診察をおこなっている。水俣病患者を受け入れたことがない病院・医師が多い中、阪南中央病院の医師たちが積極的に診療にかかわったからだ。

それらの事実をすっ飛ばして、上原は患者や家族が仕事を転々として、あるいは差別から逃れるために更池に移住した、と想像だけで書いている。

更池から転出した者に関しては、次のように記述している。

〈更池では、金や学があるものは、やがて路地を出て行く。実際、路地に江戸時代からいた四つの家のうち、三家はすでに土地を売って路地を出ていた。路地にいると、いつまでも「エッタ」だの「ヨツ」だのと侮蔑されるからだ。結局、路地に残っているのは、外に出る力のない貧乏人だけとなっていた〉

江戸時代から続く四つの家がどこなのか、地元の誰にも聞いても知らなかった。財産家や高学歴者が部落を出る理由は、その多くが進学や結婚、就職などであって、差別から逃れるためだけではない。

また、地元に残っているのは〈貧乏人だけ〉ではない。更池を歩けばわかるが、裕福な家もけっこうある。更池という共同体が気に入り、住み続ける住民もいる。描き方がいかにも薄っぺらく、かつまた無神経である。

差別から逃れるために更池を出たのは、本人が書いているように、当の上原家である。

上原は身近な事例を普遍化する癖がある。これは部落（問題）をよく知らないこと、取材を充分にしていないことと無関係ではない。

また、ひとつの事象を相対化して考えることができない。ノンフィクション作家としては致命的である。

本の中で上原家は、江戸時代後期に他の部落から移り住んできた「入り人《い》」であると書いている。「入り人」とは、せいぜい数年から数十年前に移り住んできた部落外の人を指す。江戸後期からの居住であれば、じゅうぶんに「地の人」である。「入り人」とは絶対に言わない。

利権を求めて移り住む？

登場人物のほとんどが仮名で、その表記がないことはすでに触れた。これは話を作っていることを隠蔽するためである。実名で出てくる人物もいるが、これも眉唾の記述が多い。大阪市内の部落で生まれ、後に更池に住み、部落解放同盟大阪府連委員長や中央本部中央執行委員長、さらには衆議院議員を務めた上田卓三（1938〜2005）について、次のように記している。

〈上田が、運動先進地であった向野ではなく、「六九年組」の更池に移り住んだのは、一見すると意外に感じる。

当初は解放運動のテコ入れが目的だったのだが、無論それだけが理由ではない。更池が大阪の路地の中でも珍しく、まだ荒らされていない食肉という有力な地場産業をもつ路地だったからだ〉

更池が〈六九年組〉でないことは、すでに書いた。上田が更池に居を構えたのは、1963年である。69年組＝同和利権という自らの構図に〈利権政治家〉上田をあてはめたかったのだろうが、年代に差があるので、そのロジックは破綻している。

24歳だった上田が更池に住んだのは、部落解放同盟大阪府連のオルグ担当者として支部を組織し、さまざまな要求闘争を率いる任にあったからだ。更池への転居と赴任は、大阪府連の方針・指示である。

つまり、食肉利権を狙ってという理由ではまったくない。当時の解放同盟大阪府連は、共産党が主導権を握っていた。上田は党員だったので（後に除名）、更池担当は党の方針でもあった。ところが上原は、執拗に上田と食肉利権を結びつけようとする。

〈上田が解放運動の中でのし上がるきっかけとなったのは、「大阪府中小企業連合会」という利権団体の創設だった。そのためにはまず、小規模の店が群雄割拠する更池に地盤を確立することが重要だったのである。大阪で利権団体を発展させていくためにも、食肉という強い地場産業をもつ更池は、上田にとって魅力的な路地だった。向野と違って運動後進地域であるがゆえに、他所《よそ》から入りやすかった事情もある〉

上田は67年に28歳で部落解放同盟中央本部中央執行委員、68年に29歳で同大阪府連書記長、73年に34歳で府連委員長に就任している。同年に大阪府中小企業連合会（中企連）が結成されているが、そのときにはすでに〈のし上が〉っている。経歴を確認しなかったのだろうか。

ちなみに中企連は、部落内外のあらゆる業種の中小零細企業を支援するため設立されており、部落出身者や食肉産業に特化した〈利権団体〉ではない。しかも移り住んですでに10年も経つ更池に〈地盤を確立する〉必要は、まったくない。

上原は、向野と比較し、更池には大企業がないと、繰り返しこの本の中で書いている。〈小規模の店が群雄割拠する更池〉に、どれほどの利権があるというのだろうか。

同和利権批判は、共産党がかねてから主張してきたテーマだが、上原はそれをそっくり引き写し、さらに勝手に文言を書き加え、自分の都合のいいように改変している。

上原の父親の龍造が、77年に食肉卸「上原商店」を設立したころ、輸入牛肉の割り当てをめぐり、各団体がしのぎをけずる。上原は次のように記している。

〈まず、共産党の活動家だった味野友映が狙ったのは、制度変更によって昭和三九年から拡大した輸入牛肉の割当を巡る利益を、解放同盟から奪い取ることだった。

この輸入牛肉は、同和利権の温床だった。

輸入された牛肉は、まず畜産振興事業団という特殊法人を通って、解放同盟系の府同食に卸され、さらに解放同盟の支部に割り当てられる。そこから各組合員（同盟員の食肉業者）に配られるのだが、府同食と支部を通る際に、それぞれ一キロあたり五円程度の手数料をとる〉

輸入牛肉の割当に、部落解放同盟は関係していない。当たり前である。部落差別と闘う団体が、なぜ食肉の輸入にかかわるのだろうか。常識で考えればわかりそうなものである。ある個人・団体が〈輸入牛肉の割当を巡る利益を、解放同盟から奪い取る〉ことも、輸入された牛肉が、〈解放同盟の支部に割り当てられる〉こともありえない。なぜ、こんな奇天烈なことを書いたのか。元ネタがあるからだ。

以前に触れた共産党系のライターによる『同和利権の真相』（寺園敦史＋一ノ宮美成＋グループ・K、宝島社、２００２年）に、次のような記述がある。

〈同組合（大阪府同和食肉事業協同組合）は、畜産振興事業団から輸入肉の割り当てを受けると、それに一キロ当たり五円を販売手数料として加算し、支部に卸す。支部はさら

に一キロ当たり五円の販売手数料を加算して組合員に卸す仕組みになっていた〉

文章の内容は、ほとんど同じだ。上原が『同和利権の真相』をなぞっていることがわかる。ただ、若干異なる。同書で書かれている支部は、大阪府同和食肉事業協同組合のそれを指すが、上原は〈解放同盟の支部〉と書いてしまっている。解放同盟が輸入食肉に関与しているという自らのストーリーに当てはめるためか、単純に間違って〝引用〟したかのどちらかだろう。

この本では、事実は尊重されない。大阪府同和食肉事業協同組合には解放同盟員はいるが、だからといって取引の主体が解放同盟であるはずがない。

これ以外にも上原本は『同和利権の真相』の内容をそのまま使うか、自分流に改変して、多数引用している。

上原は自著にはよく参考文献を挙げているが、『路地の子』には1冊もない。きちんと取材していないこと、内容を手前勝手に改変していることがバレるのを恐れているからだろう。

実在しない担当者が証言

このように『路地の子』は、間違いが非常に多いが、取材をしていないとしか思えない記述が少なくない。龍造が一本立ちし、商売を始めるシーンはこう書かれている。

〈昭和五二年、二八歳にして龍造は実家の屋敷を一部改造し、ついに「上原商店」として独立することになった。

これだけの設備の店を構えるには、何らかの融資が欠かせない。幸い、八年前に同和対策事業特別措置法が公布・施行され、その一環として無利子の融資が受けられることになっていたので、龍造は松原市役所へ融資の申し込みに行った。

作業着に長靴、前掛けだけ外した姿の龍造が、窓口で申し込みをすると、小柄なメガネをかけた若い職員が言った。

「上原龍造さんですね」

「そうです」

「あのー、申し訳ないんやけど、あんたに同対の融資受ける資格はあるんですけど、これは解放同盟を通して申し込まなアカンのです」

川谷純夫というその職員は、龍造にそう告げた〉

同対事業による商工資金の貸し付けは、年利3・6%で、無利子ではない。また、融資は地区協議会を通じておこなわれるため、解放同盟は関与しない。事実関係が無茶苦茶である。

龍造が相談しに行った市職員は、「おわりに」にも登場する。

〈以前、松原市役所に勤めていた川谷純夫という人に話を聞いたとき、父のことを少し訊ねてみたことがある。龍造が独立するときに申請に行った同和融資の件で、窓口を担当していた人だ。このとき因縁の相手、武田剛三を通さねばならないと川谷から説明を受けた龍造は、怒って席を立っている。

「若い頃はやんちゃという話でしたが」と言うと、彼は驚いて言った。

「やんちゃどころか、あれは本物やったね。あの人はすごい。とにかくカッときたら、相手が誰であっても見境なかった。融資のときも、解放同盟の武田剛三さんが気に入らんっていう理由だけで、新同和に入ったでしょう。あそこは右翼でヤクザやっとったか

らね。まあ、えらい人でしたわ」〉

松原市役所に〝川谷純夫〟という名前の職員は、過去も現在もいない。そもそも市役所に同和融資の担当はない。地区協議会がおこなうからである。存在しない窓口の人物に、上原は父親の話を聞いていることになる。不思議な話である。父親が所属した〈新同和〉についてはすぐあとに述べる。

作中で龍造は、共産党の活動家・味野友映にそそのかされ、関西食肉協同組合を設立する。味野が羽曳野・向野の和島為太郎をモデルにしつつ、あることないことを付け加えて膨らませた人物であることはすでに述べた。

味野はさらに新同和会の杉本昇を紹介し、龍造はその組織の南大阪支部長に就き、輸入牛肉の割り当てを受け、売り上げを伸ばす。

本の中に出てくる新同和会という組織は存在しない。ただし、全国新同和食肉事業協同組合連合会という組織は現存し、上原の父親はそこに所属している。ただ、組織の幹部に、昔も今も、右翼と極道を兼ねた者はいない。新同和会を主宰する、右翼と極道を兼ねた杉本は、架空の人物である。したがって上原が「おわりに」で書いている、松原市役所の同和融資を担当していた川谷純夫の証言（「やんちゃどころか、あれは本物やったね。あの人はすごい。…融資のときも、解放同盟の武田剛三さんが気に入らんっていう理由だけで、新同和に入ったでしょう。そこは右翼でヤクザやっとったからね」）の内容は、かなり怪しい。

実在しない担当窓口の職員に、実在しない人物が率いる組織について語らせ、父親の凄さを語らせている。嘘が二重三重に積み重なっている。

右翼と極道を兼ねた杉本は、食肉利権をめぐり、食肉卸大手・ハンナンの浅田満がモデルの川田萬に会う。龍造が新同和会の南大阪支部長に就いた話をきっかけに、杉本はテーブルの上に、スミス&ウエッソンの拳銃をテーブルに置き、川田を脅す。おののいた川田は、杉本らの商いに口出ししないことを誓う。

そもそも杉本という人物が実在しないのだから、このシーンはすべて上原の作り話であろう。

作中で龍造は、新同和会南大阪支部長に就任後、杉本とともに地元の市役所総務課の課長と警察署長を訪れ、〈政治結社〉を設立したことを告げる。睨《にら》みをきかせるためだ。

父親が実際に所属する現存の団体は、書かれているような〈政治結社〉ではなく、純粋な食肉団体である。政治結社が食肉利権を漁《あさ》るのも奇妙な話であるが、これも話を面白おかしくするために創作したのだろう。

つまり上原は、一部の聞きかじった情報に、フィクションをふんだんに盛り込み、『路地の子』を書いた。作品はノンフィクションを謳っているので、読者は書かれていることを事実として読む。読者を欺《あざむ》いているわけである。ノンフィクション作家にあるまじき行為であろう。

モデルの父親をどう描いたか

人物評伝は、モデルの魅力を著者がどう描くかが重要であることは言うまでもない。モデルが無名であれば、読者の多くは知らない人物に関する本を読むのであるから、その分、著者の力量が問われる。

私がこの本で問題にしたいのは、著者の父親で主人公である上原龍造が、どのように描かれているか、という点である。登場人物やモデルに罪はない。ノンフィクション作品は、著者が書く前にどれだけ取材をし、その題材をどう表現したかにかかっている。

部落で生まれ育ち、部落産業である食肉卸を生業にする龍造は、徹底した拝金主義者で、解放運動に対しては否定的である。以下は、文中に出てくる龍造の台詞だ。

〈金さえあれば差別なんかされへん〉

〈ムラのもんが自分の貧乏を『差別のせい』や言うのは、己が努力してないせいやて、オレ思うてますねん〉

〈人間はな、金さえ持ってれば馬鹿にはされん。ここの人間で金ない奴はアカン奴ばっかりや。解放運動たらいうのに参加してる奴は、たいがいそんな奴や。己の才覚と腕一本さえあれば、差別されてもどうってことあらへん。差別されんのは己が怠けてるからじゃ。貧乏やから差別されるんや。金さえ持てば、誰にも後ろ指さされるようなことはない〉

上原の記述によると、父親は小学校の低学年しか学校に行っておらず、字の読み書きが不自由で〈時事問題〉という言葉の意味もわからなかったという。そんな父親が〈己の才覚〉などという難解な言葉をつかうだろうか？

ともあれ、金を持つことこそが差別を乗り越える一番の方法である、金のないアカン奴が解放運動をしている、差別の原因は貧困であり、差別を理由に怠けている者がいる。これが龍造の考え方だ。

差別の原因を被差別当事者に向けている。そこがマジョリティ側に受け入れられやすく、少なくない読者を獲得しているのではないか、というのが私の分析である。

差別が貧困を生むのであって、原因と結果が逆になっているのではないか、と私は考えるが、金銭や財産を持つことで差別を乗り越えようとする人間を否定するつもりはない。金儲けだけでなく、学歴や職業、体力・暴力で差別をはねのけようとする者もいる。罪を犯さない限り、どんな生き方をしようが自由だ。

ちなみにこの本の帯（初版〜4刷）には、龍造の言葉を引用し〈金さえあれば差別なんかされへんのや！〉と大書されている。実際にそうなのか、テーマとしては非常に興味深い。

組合と政治結社を設立し、輸入牛肉の割り当てで経済的に潤《うるお》った龍造は、生まれ育った更池を出て、部落外に家を建てる。

龍造が部落外に引っ越した理由が次のように記されている。文中のマイは、龍造の叔母にあたる。（　）内は引用者の註である。

〈この地への引っ越しを勧めたのは、龍造の育ての親のマイであった〉

〈マイは「更池に住んどったら、子供らまで部落や、同和や言われるから」と、団地からの引っ越しをしつこく勧めたのだ。

堺の一般地区（部落外）から嫁いできた恵子も、四人の子供たちも更池に馴染んでいたが、住む場所にこだわりのない龍造はマイの忠告を受け入れ、引っ越ししようと決めた。末っ子の善広が、小学校一年生のときだった。引っ越すなら、善広がまだ幼い今がいいと、恵子も賛成した〉

私が作中の龍造に感情移入できないのは、金銭で差別は乗り越えられると豪語しながら、経済的に潤うと叔母のアドバイスを受け入れ、さっさと更池を出てしまったことだ。成功したあとも部落に住み続け「俺を差別するならしてみろ！」と言うなら筋が通っている。部落から出て行くのでは、差別を乗り越えるのではなく逃げてしまっているではないか。言っていることと行動が、ちぐはぐなのである。また、著者の上原もそのことに無自覚だ。

上原は〈住む場所にこだわりのない龍造〉と書いているが、これも奇妙な表現である。こだわりがないのなら、更池にいるべきであろう。そもそも〈こだわりのない〉という表現は、部落外に住む者が、部落に住む場合に使ってこそ意味を成すのではないか。

恵子は龍造の出自と住む場所を気にせず結婚したわけだが、子供の将来を考え、更池から出ることに賛成する。これも差別から逃げてしまっている。

断っておくが、私はそれを非難しているのではけっしてない。ムラから出る出ないは、家族が決めることであって、私がくちばしを差しはさむ事柄ではない。

ただ、強調したいのは、屠場というまぎれもない部落の徴《しるし》を持つ土地で生まれ育ち、食肉卸を生業とする龍造がどのような生き方をするかは、この本の重要なテーマであるはずだ。

金さえあれば差別なんかされへんという信条を持つ龍造が、金を持っても差別されなかったのか？　更池を出たあとはどうか？　龍造の拝金主義は間違っていなかったのか？

龍造の女性関係や商売についてはやたら詳しく書かれているが、そのあたりについては、まったく触れられていない。

「これ、本当に息子さんが書いたの？」

上原は以前に、橋下徹元大阪市長の出自に関するルポを、これも『新潮45』の2011年11月号に発表した（「孤独なポピュリストの原点」）。本人の出自に関するカミングアウトと実母による苗字の読み方の変更を挙げ、〈生い立ちに深くかかわるこの二つの謎を解くことで、彼の政治家としての本質に迫ることができるのではないか〉と記しておきながら、その謎を最後まで解き明かさなかった。

父親である龍造の評伝も、拝金主義的な台詞を散りばめながら、その帰結については言及していない。

何を書いても尻切れトンボなのである。

では実際の龍造は、どんな人物だったのか。

上原の父親を知る、ある食肉団体の幹部──「名前を出していいですか？」と確かめると、色をなして断った──は、次のように語る。

「上原さんって、ひとことで言うと、いい人よね。（書かれているような）こんな人とちゃうよ。紳士やし。〝わしは更池の上原じゃっ！〟（帯の文句）というような人とちゃうね。お金を貸して失敗したりとか、得意先に対して回収が遅れたからといって（返済期限を）伸ばして対応したりとか、無茶苦茶いい人ですよ。いい人で損をしてるんちゃいますか？　けど、そう書いたら、バカと思われますやん。そんな本は、誰も読みませんやん。これ、本当に息子さんが書いたの？」

食肉団体の幹部は、上原の父親に対して、本に書いてあるような、荒くれ者で押しの強い人間とはまるで違う印象を持っている。

おそらく父親は、〝内〟と〝外〟の顔を使い分けていたのだろう。家族に対しては家長として君臨し、ときには暴力を振るった。一歩、家の外に出れば、人当たりがいい紳士を演じた。〝剛〟と〝柔〟の二面性を持っていたわけである。その一方だけを強調して書くのではなく、双方をもっと描けば、深みのある人物像になったはずだ。

新同和会の杉本が、ピストルをつきつけて、川田萬（浅田満）を脅したくだりについて、浅田とも付き合いがある、その食肉団体の幹部は「ありえへんね。あはは。フィクションやろ」と一笑した。

上原の父親が所属する食肉団体と、浅田率いるハンナンおよび、その業界団体は、規模が桁外れに違うという。更池にあらたな食肉団体の支部が結成されたところで、大きな影響はないというのである。

ただ、事業規模は違えども、浅田と上原の父親がビジネス上のつながりがあったことは事実のようだ。父親が浅田にとって「真面目で信頼できる人物」だったからだと、その幹部は指摘する。

『路地の子』には、上原の父親とその仲間が、輸入牛肉が自由化されるまで数億円稼いだと書かれているが、食肉団体の幹部は次のように話してくれた。

「数億なんて、当時はザラでしょ。小さい額ですよ。大きい組織は、1年で数十億円、数百億円の売り上げがありましたからね。あとはそれをどう組合員に分配するかでしょ」

上原は食肉の世界を描きながら、業界をほとんど取材していない。よって頓珍漢な記述が少なくない。

2011年に発生した東日本大震災で、原発事故による放射能汚染を恐れた消費者が、牛肉を買い控えた。だぶついた枝肉を龍造は安値で買い漁った。その数、150頭。〈憐憫の情からではなく、己が今まで培ってきた勘が「ここは買え」と言っていたのだ〉と上原は描いている。

買い取った枝肉は、後に食肉流通団体が適正価格で買い上げ、龍造は純益で5000万円を手に入れた。『路地の子』は、商才に長けた龍造賛歌で終わる。ラストはこう綴られている。

〈「ワシの勘はまだ、鈍ってないと思ったな」——。

龍造は、私に向かって、ぐいっと睨みながらそう言った。

基本的に手がたいが、賭博性のある投資でも臆せず打って出る。己の才覚と腕一本でのし上がってきた者特有の自信が、六二歳の全身からみなぎっていた〉

震災後の食肉事情について、くだんの団体幹部は次のように打ちあける。

「確かに福島産は異常に安かった。全国の卸業者が、福島に買いに行ってた。買い叩いて、値段が上ると売ってた。みんなが目をつけてた。それは同じことを考えますよ。焼肉屋はメニューに〝福島産〟と書かんでもええでしょ。だから当時は卸業者も焼肉屋も、みんな儲かったわけです」

震災後の被災地の枝肉を買うことは、少なくない業者がおこなっていたことで、〈賭博性のある投資〉ではなかった。

父親は、自慢話として息子の上原にそう語ったのだろう。だが、その話をどう分析、表現するかは、周辺取材をしなければならない。これは取材された父親ではなく、取材・執筆する側の問題である。

利権享受も腕一本で成功?

最後の一行の中にある〈己の才覚と腕一本でのし上がってきた〉という表現は、前にも引用したが、龍造が語った言葉とされる。実質的に小学校低学年までしか行っていない龍造が、そんな難解な言葉をつかうだろうか、と私は疑義を呈した。父親が言ったのではなく、上原が父親に言わせたのであろう。

この父親の言葉は、本の帯にも採用されている(〈大阪・更池に生まれ育ち、己の才覚だけを信じ、食肉業界で伸し上がった「父」の怒濤の人生〉)

後に検証するが、雑誌の書評にも、この文言に影響された内容が見受けられた。重要な点なので、あらためて見ておきたい。

龍造は〈己の才覚と腕一本で伸し上がった〉どころか、部落出身の立場を利用し、〈同和利権〉を得るために、怪しげな組合や団体の支部を設立している。

以下、龍造と〈同和利権〉について書かれた文章を一部、抜き出してみよう。

〈路地なので、税金は減免されていたし、行政の窓口も新同和で握った〉

〈龍造の経済状態がよくなったのは同和利権もあったから〉

『路地の子』が父親の商売を含めて〈同和利権〉をキーワードにして描かれた作品であることは前に述べた。父親は出自を最大限に利用して立ち回っている。

また、同和利権で潤ったカワナンの川田萬が落札した工場を格安で購入し、バブルの崩壊で売れ行きが落ち込んだ際にはカワナンの下請けとなり、脱税で追徴課税2000万円を課されると、川田からの借金（1億5000万円）の中から支払うなど、まさに川田に〝おんぶにだっこ〟だった。とうてい〈己の才覚と腕一本でのし上がってきた〉とは言えたものではない。

誤解してもらっては困るのだが、私は龍造（上原の父親）の生き方を批判したいわけではない。自分の立場を利用し、経済活動をおこなうことはよくあることで、一概に悪いとは言えない。

ただ、立場や制度をさんざん利用した人物を、自分の父親とはいえ〈己の才覚と腕一本でのし上がってきた〉と表現するのは、明らかにおかしい。

何度も言うが、モデルに問題があるわけではない。取材し、執筆する側の能力に難点があるのだ。

上原の作品は、何を読んでも「え、これで終わり!?」と思うほど内容が薄い。10の素材を1に凝縮したのではなく、1を10に薄めたような感じなのである。

『路地の子』は7章から成り立っているが、1章から6章までは、約40年間の龍造の人生が、割合こってりと描かれている。

ところが最終章の7章は、現在に到るまでの約20年間を、一気に片付けている。斎藤美奈子流に言えば、ふろしきを広げるだけ広げておいて、たたむのは一瞬である。

最後の展開はおそろしく速く、BSE発生のわずか3ページあとには、15年後の東日本大震災に話が飛んでいる。言いたくはないが、構成が稚拙だ。

龍造と商売上でかかわりがあり、牛肉偽装事件で逮捕される川田萬は、何度も言うが、ハンナン元会長の浅田満がモデルである。この事件は全国ニュースであるにもかかわらず、数ページしか触れられていない。

上原は牛肉偽装について〈長年の利権体質に慣れた者たちにとって、冷え切った市場の中で生き残るには、制度を悪用するしか方策を見出せなかったのである〉と総括している。

彼が『路地の子』のネタ本にしている『食肉の帝王　巨富をつかんだ男　浅田満』（溝口敦、講談社、2003年）によれば、浅田率いるハンナングループの当時の年間売り上げは、1700億円余り。牛肉偽装事件で浅田らが詐取したのは、その30分の1以下の50億円余りである。

無論、桁が違うからといって免罪されるわけではないが、浅田であれば、牛肉偽装に手を染めなくても会社は存続したはずである。

『路地の子』は〈同和利権〉を重要なテーマにしながら、分析と掘り下げが、いかにも薄っぺらい。充分に取材をせずに書いているからだ。

父親の愛を求めて性犯罪

『路地の子』の「おわりに」は、通常の「あとがき」にあたる。そうしなかったのは、自分と父親、自分と家族について克明に描いた〈自伝的ノンフィクション〉（巻末の編集部の言葉）を強調したかったからだろうか。

この「おわりに」を絶賛する書評をいくつか見かけたが、私に言わせれば、相当たちが悪い内容である。本編でもそうだが、「おわりに」においても、上原は父親の暴力を執拗に描いている。以下、引用する。


〈母に男ができたときの龍造の狂いようは、大袈裟でなく阿修羅のようだった。

テレビのブラウン管に拳を叩きつけて破壊し、半狂乱になり庖丁を持ち出した母を返り討ちにして刺したこともあった。そのとき私は小学六年生で、血が噴き出た手を抱える母と救急車に乗ったこともある。

たまに帰ってきたなと思ったら、寝ぼけて「うるさいなあ」と言っただけの兄を袋叩きにし、壁に拳で穴をあけてしまった。

だから龍造と母の喧嘩は、まさに阿鼻叫喚の地獄絵さながらだった。獣のような叫び

声が階下から聞こえると、私と姉兄はじっと息をひそめて終わるのを待った〉

ブラウン管はテレビに内蔵されているので、拳を叩きつけることはできない。それはさておき、同じような記述は、上原が各地の被差別部落を歩いた『日本の路地を旅する』（文藝春秋、2009年）にも出てくる。もはや、おなじみの〝得意ネタ〟である。

大学時代に両親は離婚するのだが、上原はそれを歓迎した。『路地の子』の「おわりに」に〈母親っ子だった私は、母を殴っていた龍造を憎み、大学卒業後は龍造との交流も途絶えた〉とある。また、父親の暴力が、兄の生育歴にも影響を及ぼした、という記述がある。

〈私が中学に上ると、次兄が少女にいたずらをするようになる。被害者には私の同級生もいたので、私は次第に学校に寄り付かなくなり、そのたびに担任が呼びに来た。

それは次兄なりの、龍造に対する復讐だったのかもしれない〉

私はこれを読んで、またこの話か、と思った。

上原は次兄の性犯罪を、やはり『日本の路地を旅する』でも書いているほか、作家・西村賢太との対談でも〈ところで今日は、二人とも「身内に性犯罪者がいるつながり」でもあるんです〉と軽い調子で語っている（『西村賢太対話集』２０１２年、新潮社）。

上原は父親の暴力に加え、兄の性犯罪も〝売り〟にしている。

『日本の路地を旅する』によると、次兄は18歳のときに性犯罪目的で、下校途中の小・中学生を待ち伏せするようになり、後に逮捕され、3年間の刑務所生活を余儀なくされている。同書で上原は、兄の父親への復讐について、次のように記している。

〈私は一連のことを、女をつくって家を出た父に対する兄なりの復讐なのかもしれないと思ったこともある。しかし、もしそうだとしてもその効果についてはとても疑問だった。あの、商売のためなら極道も同和も何もかも利用する父が、一連の事件のことで思い悩んだりするだろうか。そうした意味では私たちと父の意識はまったくかけ離れており、兄も決定的に父を誤解していたのかもしれない〉

仮に父親が、わが子の性犯罪をあれこれ思い悩まなかったとしても、被害者がいるのだから、そう書いてはまずいだろう。

『路地の子』の「おわりに」によると上原は、大学時代に〈自分の家が欲しかったから〉という理由で学生結婚し、子供を授かるものの、単身渡米する。〈龍造から逃れるためだったのかもしれない〉と書いているが、こじつけだろう。龍造からではなく、現実から逃避したかっただけではないのか。

2012年に上原は、女性関係に悩み、睡眠薬で自殺を図った。父親は見舞いにかけつけている。自らが起こした騒動や兄の犯罪について、上原は次のように総括している。

〈龍造に迷惑をかけて申し訳ないと思いつつも、私は事を起こしてしまった。次兄もまた、同じように申し訳ないと思っていたのではないか。私たちは龍造に復讐しようと思ったのではなく、少しでも、父としてこちらを向いて欲しかったのではないだろうか。

私たちのねじれた愛情表現は、ときに犯罪となり、事件となった。そうでもしないと、父が本気で心配してくれないと感じていたのかもしれない。たとえねじれた愛情表現だったとしても、父に本気でこちらを向いてもらうには、私たちはそうするしかなかったのだ〉

〝復讐〟が〝愛情表現〟に変わっている。上原があれだけ嫌悪していた父親に接近したのは、つまるところ取材目的ではなかったのか。それはいいとして、上原が自殺未遂までして振り向いて欲しかったのは父親ではなく、特定の女性であろう。話がすりかわっている。

上原に問いただしたい。

次兄が少女に性的いたずらをし続けたのは、彼が本当に父親に振り向いてもらいたかったからなのか？　いみじくも『日本の路地を歩く』で姉が語っているように、次兄の性犯罪は、父親への敬慕ではなく、治療が必要な〈病気〉ではないのか？

私が何よりも許せないのは、自分の弱さや家族の犯罪を〈私たちはそうするしかなかったのだ〉と言い切ってしまう神経である。性犯罪に遭った少女たちが一顧だにされず、素通りされている。自分が書いている意味が、わかっているのだろうか？

仮に上原の娘が、性犯罪に遭ったとしよう。加害者に「親に振り向いて欲しかった。そうするしかなかった」と言われて、なんとも思わないのだろうか？

百歩譲って仮にそうであったとしても「そうするしかなかった」と、絶対に書いてはいけない。

敢えて記そう。上原は２００２年に、女性編集者の手をつかみ、ホテルに無理やり連れ込もうとしたが、猛烈な抗議を受け、欲望を果たせなかった。私がその編集者から、直接聞いた話である。

２０１４年には、別の出版社に所属する新人の女性編集者とホテルに入ったが、これもトラブルになった。

前者のケースは、上原が過失を認め、謝罪した。後者は編集者が交際相手や上司に相談し、問題が発覚した。両ケースとも、自らが起こした行いが原因で、上原の雑誌連載は中止になった。

上原に問いたい。それらの行為も、父親に振り向いてもらいたかったからなのか？　断じて、そうではあるまい。身勝手な理屈を並べて、性犯罪被害者をないがしろにするな、と言いたい。

上原は『日本の路地を歩く』に書いている。

〈間違いなく兄は、どこかで曲がり角を違えただけの私なのだ、と〉

この記述に関する限り、私に異論はない。

知識人はどう読んだか

長々と『路地の子』を批判してきたのは、ここまで酷い内容の作品が、大手の版元から出版され、賞賛されていることを検証したいがためである。この状況を、出版社をはじめとするマスコミ業界の劣化と言わずして何と言おう。

2017年6月の発刊以来、書店には目立つところに『路地の子』のポップが立った。そこには野村進（拓殖大学国際学部教授）、東えりか（書評家）、仲野徹（書評サイトHONZメンバー・大阪大学教授）の3氏の書評を抜粋した文章が掲載されていた。

野村のそれは〈『血と骨』を読み終えた際の読後感と同様の感慨にとらわれた。まさに「生きる」ことが凝縮されている〉、東は〈暴君でしかなかったはずの「父」。だが書くべく正対した彼の人生は、想像以上に深く、壮絶なものだった〉と紹介されている。

著者と登場人物が部落出身というだけで、破格の扱いを受けるようだ。中でも、仲野の批評は力が入っており、書評サイトHONZの最後は、こう締めくくられている。

〈本を読みながら、ずっと不思議に思い続けていた。どうして上原善広が父・龍造のことを書こうと思ったのだろうか、と。その疑問は、魂を揺さぶられるような、長い「あとがき」を読んで氷解した。龍造の人生は、あとがきのための長いプロローグに過ぎないのかもしれない。…この本、間違えても、あとがきから読んではならない〉

この本に「あとがき」はない。「おわりに」である。ともあれ、仲野が「おわりに」に、いたく感動していることはわかる。龍造の暴力描写が、効果を生んでいるのだろう。

だが、『路地の子』は、間違っても「おわりに」から読んではならない。暴力的な父親に対する愛情表現としての性犯罪…。違う意味で〈魂が揺さぶられる〉だろう。「おわりに」に感動する仲野のセンスを疑う。

書評や著者インタビューは全国紙や地方紙、主な週刊誌に掲載された。ノンフィクションが売れない時代だけに、喜ばしいことではある。

だが、活字のプロたちは、書かれた内容を一片も疑うことなく、上原本を取り上げている。たとえば『週刊朝日』（2017年7月21日号、朝日新聞出版）はこう評している。

〈男（龍造＝引用者註）は共産党、右翼、ヤクザと共闘し、部落解放同盟から利権をもぎとる。「人権」「解放」とそれぞれが高邁な理想を掲げていても、共産党と右翼が金のためには手を組む現実が横たわっているのだ〉

書評の執筆者が、部落解放運動や同和行政、食肉業界のことを詳しく知らないのは、致し方ないかもしれない。だが、カワナンの川田萬が、ハンナンの浅田満であることは、一般常識があればわかるはずである。なぜ、仮名なのか？　どこまで話が本当なのか、疑問に思わなかったのだろうか。あるいは全国水平社の活動家が、21世紀になってまだ活動していることの不可解さに思い至らなかったのだろうか。

学識経験者・インテリたちも、コロっと騙されている。書評を読みながら、あらためて部落問題が思ったほど理解されていないことを身にしみて感じた。

上原は複数のメディアのインタビューで、この作品をエンターテインメントを意識して書いたと述べている。以下、引用する。

「梁石日《ヤンソギル》さんの『血と骨』を引き合いに、本作を褒めてくれた人がいたんです。僕はまだ及びませんが、在日文学のムーブメントがあったように、路地文学もエンターテインメントとして面白く読んでもらうことができると考えています」（『毎日新聞』２０１７年8月22日付朝刊）

「エンタメ化出来ているかどうかは、社会問題への見方が成熟していくうえでの一つの指標だと思う。社会に理解されるため、入り口を広げていきたい」（『朝日新聞』２０１７年10月5日付夕刊）

『血と骨』は、凶暴でヤクザにも恐れられた、在日朝鮮人である著者の父親をモデルにした小説だが、あくまでもフィクションだ。

上原は部落をテーマにしたエンタメ作品をめざしているようだが、ならば小説を書けばいいのであって、ノンフィクションと銘打つ必要はない。百害あって一理なし、である。エンタメ化は、社会問題への見方が成熟しているかどうかだ、と述べているが、何が言いたいのか、よくわからない発言だ。まずは自分の取材・文章力を成熟させたほうがいい。作品を面白おかしくするためなら、フィクションを交えていいとでも思っているのだろうか。

エンタメを強調しながらも上原は、読売新聞のインタビューに、父親の話を聞くうち「もしかしたら、父を通して普通の『路地』の人間が描けるのではないか」と思ったと述べている（２０１7年9月25日付夕刊）。

子供のころは猫や犬を出刃包丁で首を落とすことを遊びにし、長じてからは妻や子に暴力を振るい、カネのためにはどんな勢力とも手を組む龍造が〈普通の『路地』の人間〉とでも言うのだろうか。

ノンフィクションに嘘を交えるのは、まずは著者に問題がある。だが作品をきちんと読まず、著者の言い分をそのまま載せるメディアも問題であろう。

マジョリティ側の視点

部落問題をエンタメ化することが間違いだと言いたいわけではない。部落版『血と骨』があっていい。何度も言うが、それなら小説にすべきであって、あることないことを盛り込んでノンフィクションを謳うべきではない。何よりも、登場人物のほとんどを仮名にするのは卑怯である。

前にも書いたように、私がなぜ実名にこだわっているかというと、仮名は嘘を書いてもバレにくいからだ。実名だと本人が「それは違う」と言える。第三者が調べることも可能だ。また、書く側にとって、仮名は〝楽〟である。適当なことをつづっても、基本的に文句を言われないからだ。

上原は部落問題をテーマにする際に、人名や地名などの固有名詞をあいまいにすることが少なくない。かつて実話誌にこんな文章を書いている。

〈サッカーJリーグのセレッソ大阪の本拠地・長居競技場の近くにあるのがこのA部落だ。部落というと、その昔は貧乏長屋が軒を連ねというイメージだが、もうそんな時代はとうの昔に過ぎ去った。ここは大学が隣にあることもあって劇的変化を遂げ、今や近隣地域よりもきれいな町並みとなっている。これは都市型部落の特徴で、反対に今度は近隣住民の妬み差別を生み出している。なにしろ温水プールから大学と兼用の大型図書館、それに「人権文化センター」（行政保護の法が切られたために「部落《（ママ）》解放会館」から名称を変更した）まで、いたれりつくせり。まったく解放同盟さまさまである。戦後の部落解放運動は同時に、ハコ取り・金取り合戦でもあった。ここはその象徴なのだ〉（『実話ナックルズ』２００２年11月号、ミリオン出版）

A部落は、大阪市住吉区にある浅香地区だ。上原はまったく取材をせずに、思い込みだけでこれを書いている。

温水プールと大型図書館は、浅香の施設ではない。温水プールは市営で、広く市民に利用されている。図書館は大阪市立大学の付属施設で、キャンパス内にある。〈今や近隣地域よりもきれいな町並みとなっている〉というのは、ほんの一部分を見ているだけで〈都市型部落の特徴〉でもなんでもない。

そもそも温水プールがあった場所は、市営地下鉄の広大な車庫があり、浅香周辺の住民は、長らく騒音に悩まされていた。部落解放同盟浅香支部が中心になり、87年に撤去させた。〈大学が隣にあることもあって劇的変化を遂げ〉たわけではまったくない。

広大な跡地は、周辺住民と協議し、公立学校やプール、外国人研修センターなどの公的施設を誘致した。それらも浅香の施設ではない。周辺住民を巻き込んだ街づくり活動の成果である。したがって〈近隣住民の妬み差別を生み出している〉わけではまったくない。

上原は見たままを想像だけで書いている。

しかも、「あいつらだけが得をしている」というマジョリティ側の視点で。部落出身という立場を利用した、悪質な詐欺行為である。記事のほとんどが間違いで、住民の街づくり運動の成果を、土足で踏みにじっている。

〈戦後の部落解放運動は同時に、ハコ取り・金取り合戦でもあった〉という記述は、同和利権と勢力拡大のために解放同盟の支部を急ごしらえで設立したと主張する『路地の子』と通底する。十分な取材をしないがための一面的な視点や、いい加減な記述は、何年経っても変わっていない。

上原は全国で500以上の部落をまわったらしいが（『日本の路地を歩く』）、文字通り歩きまわっただけである。

この記事で地名を浅香と書かずに〈A部落〉としたのは、地元からの抗議を恐れているからではないのか。

『路地の子』の「おわりに」で、上原は〈自分一人でマスコミにおける同和タブーを切り拓いてきたつもり〉と豪語している。ろくに取材もせず、思い込みだけで書いてきたノンフィクション作家が、いったいどんなタブーを切り拓いてきたのだろうか。

作品はノンフィクションと強弁

『路地の子』の発刊から4ヶ月後の2017年10月以降、私はブログで『路地の子』の内容を検証し始めた。

上原は同年12月27日、自分のツイッターで以下の文章を掲載した。

〈『路地の子』（新潮社）について、読者の方から問い合わせがあったので、以下記しておきます。

①私小説的ですが、ノンフィクションです。②架空の人物、団体などは出てきません。実在していました。③細かな間違いはあるかもしれませんが、ストーリーの大筋には関係ありません。以上です〉

私小説なら、上原自身が主人公でないとおかしいことは前にも述べた。

登場する人物や団体は実在していたというが、極道と右翼を兼ねる杉本昇は、あるいは共産党を率いた味野友映は実在するのか？

1969年に設立された部落解放同盟更池支部はどうか？　松原支部ではないのか？　支部設立を63年ではなく、69年に設定したのは〈細かな間違い〉なのか？

2017年9月29日には今後の仕事について、やはりツイッターで次のように記している。

〈日本全国の路地（同和地区）を歩く旅を再開しました。数十年かけて全国6000ケ所の路地をルポ。新シリーズは趣向を変えて、涙あり笑いありでエンタメ的にやりたいなと。出版社やスポンサーは募集中で、これから探します。映像で撮ってくださる方も同時に募集中。どうかご期待ください〉

またもや〈エンタメ〉である。登場人物や地名は仮名にし、たっぷり創作を交えて読者を楽しませてくれるのだろうか。

〈再開しました〉とあるのは、実話誌での連載をまとめた前掲の『日本の路地を歩く』で、各地の部落を訪れているからだ。ちなみにこの作品で上原は、大宅壮一ノンフィクション賞を受賞している。選評では、著者の出自や兄の性犯罪も注目された。

「今の時点では力不足なので、10年、20年後に力をつけてクオリティを高くして、再び（部落問題に）取り組みたいと思っています」

2009年の私との対談で、そう語っていた上原だが、実話誌の記事で見たように、取材し、書く能力は、駆け出し時代から現在に到るまで、さしたる変化はない。むしろ〈エンタメ〉と言い出してから、取材を放棄しているとしか思えないほど雑になった。『路地の子』のクオリティの低さが、それを証明している。

いくつもの書評で高く評価されている——上原はそう主張するだろう。だが、記述内容が事実という前提で読まれているからであって、架空の人物や作り話が入っていることがわかれば評価は変わるだろう。

解放同盟の抗議と回答

私がブログで『路地の子』を検証し始めてしばらく経った２０１７年11月初旬。大阪市内で、知り合いの出版記念イベントが開かれた。参加者の中に、同書に頻繁に出てくる向野（大阪府羽曳野市）に在住する塩谷隆弘の姿があった。

塩谷は、部落解放同盟の機関紙である解放新聞の記者や、大阪府同和事業促進協議会の会長を歴任した部落問題の精通者である。同書はまだ読んでいないとのことだったので、問題が多いので私が一読を薦めた。精読した塩谷が、部落解放同盟に誤記を伝え、ようやく組織が動いた。

２０１７年末、部落解放同盟中央本部は、上原と版元の新潮社に対し、抗議と話し合いを求める申し入れ書を送付した。これに対し、翌年1月中旬に、上原と新潮社ノンフィクション編集部が、それぞれ文書で回答した。

上原は回答の中で、事実関係の間違いを認め、〈増刷分より訂正し、ウェブ等でも広く公開したい〉と明言した。一方、同社の回答書に、その文言はない。なので私は、彼のツイッターやブログ（その名も「全身ノンフィクション作家」）で公にされるはずの弁明を待った。ところが、2018年1月下旬以降、上原はツイッターとブログを停止し、過去の分まですべて削除した。

私はウェブ上で展開されるはずの上原の弁明を読んだ上で、自分のブログでその内容を検証するつもりだった。しかしウェブが停止したままでは、それも望めない。仕方がないので、入手した抗議文と回答書をもとに、ブログで論点整理をおこなった。

解放同盟が提出した抗議文は、A4版で5ページにわたる長文である。抗議文では以下の10点について、著者と版元に問いただしている（漢数字は洋数字に、元号は西暦に統一し、敬称は省略した）。

① 1965年に国が部落差別を公に認め、早急な解決が責務であることを認めた同和

対策審議会答申が出されると、更池にも解放同盟支部設立の気運が高まった、とあるが、支部は1963年にすでに結成されている。

② 同和対策事業特別措置法（同対法）が施行されたあと、事業を始める父親が、無利子の融資を受けるために松原市に申し込みに行ったとあるが、融資の申し込みは各地区企業者組合を通じて、財団法人同和金融公社がおこなっており、市役所は関与していない。また、融資は無利子ではなく、年利3・6％だった。

③ 部落解放同盟更池支部は存在しない。松原支部である。

④ 同対法が施行された前後、同和利権と解放同盟の勢力拡大のために設立された支部を「69年組」と呼んだとあるが、松原支部は住宅、生業資金、自動車免許取得闘争などを経て63年に結成されており、「69年組」ではない。

⑤ 大阪出身で解放同盟大阪府連の幹部を経て、中央本部の委員長を務めた上田卓三が「69年組」の更池に移り住んだのは、まだ荒らされていない食肉という有力な地場産業があったからと明記しているが、上田は63年の結婚のあと、要求闘争の指導のために転居した。

⑥ 上田が解放運動の中でのし上がるきっかけは、大阪府中小企業連合会（中企連）と

いう利権団体の創設だったとあるが、同組織は中小零細企業の営業と生活向上を目的に設立されており、根拠のない決め付けだ。また、組織を設立する前にすでに解放同盟大阪府連の重職を担っており、それらを無視したかのごとき記述は名誉毀損にあたる。

⑦　共産党員の津田一朗が、1973年に羽曳野市長に就任したのは、市民の解放運動と同和利権に対する反作用だった。また、共産党と解放同盟の共通点は「同和利権の獲得」だったとあるが、取材不足も甚だしく、事実誤認である。

⑧　羽曳野・向野出身で、かつての水平社の闘士として活躍し、共産党を率いる建設業者の味野友映が登場するが、水平社以来の闘士にそのような名前の人物はいない。和島為太郎がモデルであるとすれば、建設業ではなく食肉業者だった。

⑨　輸入された牛肉は、解放同盟支部にも割り当てられ、手数料を得ていた。1969年当時、手数料だけで4800万円が解放同盟などに入っていたことになる、とあるが、そのような事実はない。

⑩　2004年に牛肉偽装が発覚し、共産党の味野友映が批判勢力の中心を担うが、和島為太郎は1989年に死去している。また和島とは別人だとしても、1922年に

創立された全国水平社時代の闘士が、２００４年に活動家として存在するのは考えにくい。

内容は、私がこのブログで指摘してきたことと重なる。共産党系の部落問題研究所の秦重雄が、解放同盟松原支部の設立年が改竄されていることを早くから指摘したように、関係者の誰が読んでも、不審に思うところは共通している。

「3人を1人にして表現した」

以上10点の指摘に対し上原は、①松原支部の結成年②同対事業における融資の無利子③支部の名称④松原支部＝「69年組」という記述⑨解放同盟支部への輸入牛肉の割り当てについては、間違いであることを認めた。

当初、そのように記述した理由として、①支部の結成年は、地元の方から話を聞いた②事業融資の利子については、元市役所職員や父親などからの聞き取りを元にしたが、彼らの記憶が混合していた③地元では通称として更池支部を使っていた④「69年組」は大阪を含めた多府県にまたがる複数の解放同盟員の方から聞き取ったなどと、あたかも取材した人たちに責任があるかのように記している。

複数の人から話を聞いて間違っているのであれば、どんな人物を選び、どのように取材をしたのか、ライター側の資質が問われる。また、聞いた話をなぜ資料などで確認しなかったのだろうか。

たとえば③の解放同盟の松原支部を〈更池支部〉と表記したことについて、上原は地元で通称として使っていたと弁明しているが、通称と支部名が別であるのは知っていたはずだ。なぜなら『路地の子』には、松原支部編纂による資料が引用され、〈松原支部編〉と明記されているからだ。

⑤⑥の上田卓三が更池に移り住んだ理由については、解放運動の指導以外にも〈もう一つ別の側面があったと周辺で語られている事実を提示〉したと説明している。どうやら上田と中企連との関係を指しているらしく、この組織が利権団体であるという記述に関しては〈そうした視点もあるということを提示した〉と述べるにとどまっている。

上田に対する誹謗中傷については〈さまざまな人物像の提示は重要〉〈他県の被差別部落、解放同盟員の方々、上田氏と関係があった方から何度も同じような話を聞き取りしていたこともあり、認識の違い〉と答えている。

上原の批判には、具体性がない。上田を〈徹底した現実路線の利権派〉〈解放運動と同和利権が生んだ、一種の怪人〉などと書くなら、それを裏付ける事実を明記しなければ、単なるレッテル貼りに終わってしまう。

⑦の羽曳野市長選については〈本文の趣旨《（ママ）》は、地元や関係者の間でそう見られているという一つの事実を提示しただけ〉と説明している。聞いたことを裏付けも取らずにそのまま書いていることを白状している。そんなことを言い出せば、どんな視点も〝事実〟になってしまうではないか。

⑧共産党を率いる味野友映については〈羽曳野の解放運動が分裂した事情を、3人ほどの人物を「味野友映」という1人の人物に集約して表現しております。理由は、羽曳野の複雑な状況をそれぞれ描くと長大になるので簡潔にするため、また聞き取りにご協力いただいた個人、遺族、関係者にご迷惑がかかるのを避けるため〉と説明している。

解放同盟と共産党に分裂した部落は、他地区にもあり、特に〈複雑〉な話ではない。とはいえ、複雑であるかどうかは、主観や取材・執筆者の能力もあるので、それはいいとしよう。

だが、簡潔に書くため、また取材協力者に迷惑がかかるので、3人ほどを1人にしたというのは無茶苦茶である〈〈3人ほど〉の〈ほど〉の意味もわからない〉。

そもそもノンフィクション作品で、3人ほどを1人にまとめるなどということが許されるのだろうか。AとBとCを合わせてDという人物にしてみました。各人から聞いた話は本当なので、ノンフィクション作品です――そんな理屈が通用するのだろうか。本当に3人ほどを合わせたのか、また書かれている話が本当なのかも、検証しようがない。

取材協力者や遺族に迷惑がかかるから、3人ほどを1人にまとめたという理由もわからない。味野友映のモデル〈の1人〉は、間違いなく和島為太郎である。水平社の活動家で、その後、共産党に肩入れした地域の顔役は、彼しかいない。

その和島が、右翼を利用してまで同和利権を得るために組合をつくり、金儲けに奔走するというストーリーは、明らかにノンフィクションを逸脱している。これは本人を貶《おとし》め、結果的に遺族や関係者に迷惑をかけることにならないのか。

訂正もまた間違っていた

解放同盟の抗議文に対し、上原に加え、版元の新潮社も回答書を寄せている。

味野友映という人物については〈個人が特定されることを避けるため、また関係者への配慮のため、複数の人物をひとりに置き換えて描くことは、作家の表現活動では許容範囲と考えております〉と弁明している。

小説・フィクションの世界では、あるかもしれない。ここで言う〈作家〉とは、小説家のことであろう。ノンフィクションでそのような手法をとれば、どこまでが真実か、読者にはわかりにくくなる。事実、『路地の子』では味野友映を含め、かなり嘘が混じっている。問題は和島為太郎だけではない。カワナンの川田萬は、明らかにハンナンの元会長の浅田満である。彼に関しても、複数の人物を合わせたか、つくり話を挿入した可能性が大である。

『路地の子』の刊行から1年半後、部落解放同盟の抗議から1年後の2018年12月。新潮社は自社のサイトで〈お詫び〉と訂正文を掲載した。同じ時期に誤記を訂正した上で、増刷もしている。後に詳しく見ていくが、解放同盟の指摘を全面的に認めている。

ちなみに帯の背にあった〈怒濤のノンフィクション!!〉の文言は〈壮絶な「父と子」の物語〉に変わっている。ノンフィクション作品と謳うには無理があると判断したのであろうか。

本文の訂正は、部落解放同盟が指摘した点のみで、私がブログで問題視した箇所（例えば性犯罪被害者をないがしろにする記述など）は、そのままであった。それなら書籍を通して、より広く知ってもらう必要があるのではないかと私は考えた。本書を刊行したきっかけである。

訂正した増刷版を読むと、訂正自体が間違っているものが散見された。上原の部落問題理解がいかに浅薄であるかがわかるので、以下見ていきたい。

訂正箇所は、大きく分けて4点ある。①部落解放同盟支部の設立年②同和対策事業の内容と形式③部落解放運動をめぐる評価④解放同盟幹部で代議士を務めた上田卓三の経歴などである。

もう一度、整理しよう。作品の主な舞台は、大阪府松原市の被差別部落・更池。上原父子はここで育つ。上原は更池を部落解放運動に積極的ではなかったという理由で、一貫して〝後進の路地〟として描いている。

1969年には、部落の環境改善や生活全般、就労・進学を底上げする同和対策事業が始まる。『路地の子』の原版では〈同和利権と解放同盟の勢力拡大のために急ごしらえで事業の窓口となる〉組織をつくった支部は〈六九年組〉と呼ばれ、そこに〈更池支部〉も入っていた。

実際は63年（昭和38）に住宅闘争などを機に結成されており、同和利権や解放同盟の勢力拡大とは何の関係もない。しかも実際は松原支部で〈更池支部〉は存在しない。改訂版ではこれも改められている。訂正された文章は、以下である。

〈水平社運動に参加しなかった「物言わぬ路地」であった更池にも、やがて解放運動の波が押し寄せてきた。国が本腰を入れて同和対策を始めるという話も支部設立の機運を高め、昭和三八年二月七日に部落解放同盟（解放同盟）松原支部結成大会を開いて支部を設立した。二年後の昭和四〇年には、総理府の諮問機関から国が部落差別を公に認め、早急な解決が責務であると認めた「同和対策審議会答申」（同対審答申）が出された〉

冒頭の〈水平社運動に参加しなかった…更池〉という表現は、正確ではない。作品にも登場する部落解放同盟松原支部の初代支部長・山口豊太郎は、1922年（大正11）の全国水平社結成大会に参加している（『しぶといかんと　被差別部落更池に生きる』解放出版社、

1978年を参照)。

前記したように松原支部は、住宅闘争などをきっかけに設立された。〈国が本腰を入れて同和対策を始めるという話も支部設立の機運を高め〉たわけではない。上原も記しているように、支部結成から2年が経ってようやく同対審答申の内容が明らかになった。政府の方向性を先取りして組織をつくったわけではあるまい。もしそうなら〝後進の路地〟ではないではないか。

『路地の子』の主人公で上原の父親・龍造は、77年(昭和52)に食肉卸の店を開業する。起業にあたって、同和対策事業の〈無利子の融資〉を受けに市役所におもむく。融資は有利子との指摘を受け、改訂版では〈無利子〉は削除している。

上原はさらに以下の文章を加えている。

〈さらに大阪では「同和事業促進協議会方式」(同促協方式)と呼ばれる独自の仕組みがあった。路地の代表者や、行政の関係者で構成される同促協を通じて同和対策事業を行うというものだ。そのため同和関連の融資を受けようとする場合、希望者は各地区の同促協に申請し、推薦を得て同和金融公社で融資を受けることになる。「解放同盟をはじめとする運動体が事業を私物化したり、逆に行政側が同和事業の主導権を握ったりすることも避けられる」というのが同促協方式が作られた理由だが、それは建前で、実際には協議会の理事には解放同盟員が多くついていたので「部落解放同盟が同促協を牛耳っている」、「解放同盟大阪府連とは表裏一体」などど、共産党などから批判された〉

この同促協方式についての加筆は、解放同盟との話し合いで指摘されたからであろう。だが、一知半解で、訂正後の記述は頓珍漢もはなはだしい。〈同和関連の融資を受けようとする場合、希望者は各地区の同促協に申請し〉とあるが、各地区にあるのは地区協議会である。

同和促進協議会は、同対事業が始まる18年前の1951年に大阪府、その2年後に大阪市で結成されている。大阪府内の各自治体の同和事業予算（69年以降の同対事業ではない）の有効な使い方を検討・実行するため、学識経験者や町内会の有力者、活動家などで構成された。

ちなみに部落解放同盟は、55年に発足している（前身は部落解放全国委員会）。したがって同促協方式が作られた理由は、上原が書いているように〈解放同盟をはじめとする運動団体が事業を私物化〉することを忌避するためではない。そもそも大阪府・市の同促協の発足時は、解放同盟は存在しない。

同促協方式を知らなかった龍造は、地区協ではなく、市役所に融資を申し込みに行く。市職員で融資担当の川谷純夫は龍造にアドバイスする。改訂前と後を引用する。

改訂前⇒「これは解放同盟を通して申し込まなアカンのです」

改訂後⇒「これは解放同盟を通じて同和金融公庫に申し込まなアカンのです」

同対事業関係の融資に解放同盟はまったく関係がない。同促協方式とは、運動と事業の分離を意味するのだが、上原はそのことがわかっていない。部落解放同盟＝同和利権という構図だけで書こうとするからである。

改訂で最初のテーマが崩壊

改訂版で上原は、部落解放同盟松原支部の設立年を69年から63年に改めた。同和対策事業が始まった69年に創設したグループは〈六九年組〉と呼ばれ〈同和利権と解放同盟勢力拡大のために急ごしらえで事業の窓口となる支部をつくった〉ことからこう呼ばれるようになった。その説明のあと、以下を加筆している。

〈更池は「六九年組」ではなかったが、戦前の水平社時代から解放運動が盛んだった隣の路地、向野に比べると、運動後進地区であったことは否めない。これは地域住民の方向性の違いから起こったことだが、もう一つの要因として、昔から更池では食肉関連事業が盛んだったので、解放運動の必要性を今ひとつ感じていなかったからだとも言われている〉

本当にそんなことが言われているのだろうか？　更池が食肉産業が盛んで解放運動の必要性を感じなかったと言うなら、屠場が存在する〝運動先進地〟の向野も同じである。運動後進地区の〈もう一つの要因〉が、先進地と同じ条件では比較にならないではないか。向野で水平社運動が興ったのは、和島為太郎というキーパーソンがいたからであろう。上原は作品の中で、松原・更池と羽曳野・向野をよく比較しているが、見方が浅薄である。たとえばこんな文章。

〈全国水平社以来の解放運動の歴史をもち、解放同盟の力が増大していたにもかかわらず、全国でも珍しい共産党の市長が誕生したのが、皮肉にも向野を擁する羽曳野市だった。これはまさに解放運動と同和利権に対する、市民の反作用であった。向野では運動方針を巡って、解放同盟と共産党系とに分裂していた〉

共産党推薦の市長の誕生は、松原市も同じである。土橋忠昭が、1974年から2001年まで松原市長を務めている。ここでも同条件であるにもかかわらず、一方を〝特異〟とする論法を展開している。おそらく、土橋の存在を知らないのだろう。

また、部落内での解放同盟と共産党との対立は、なにも向野に限ったことではない。全国的な話である。

この文章のすぐあと、原版では〈両者（解放同盟と共産党）の目指したものに共通点が一つだけある。それが同和利権の獲得だった。（羽曳野市の）津田市政は、まさにこの同和利権の奪い合いの結果、生まれたのだといって過言ではない〉と書かれていた。

同和利権の獲得を目指していたという点で、両者は〝同じ穴の狢《むじな》〟だと主張している。

改訂版では〈共産党は「公正・民主的な同和行政」を公約に掲げていた。…津田市政は、この同和対策事業を争点とした結果、生まれたのだといっても過言ではない〉に差し替えられている。

『路地の子』は、解放同盟も共産党も右翼も、けっきょく求めていたのは利権・カネだったというトーンで描かれている。〝わかりやすい視点〟ではある。

ところが、改訂することで共産党は〝方針転換〟し、クリーンな党に変貌している。松原支部の設立年にしてもそうだが、改訂したことによって作品のテーマが揺らいでしまっている。だったら最初の設定は何だったのかということになる。修正することで辻褄が合わなくなってくるのだ。

他人はともかく、私がこの作品を評価しないのは、取材が不十分なため、構成と視点が稚拙で、書かれていることに説得力がまったくないからである。

大阪市内の被差別部落出身で、松原支部設立の63年に更池に移り住んだ元部落解放同盟中央委員長の上田卓三は、この作品では脇役で登場する。〈利権政治家〉というレッテルは削除しているが、〈徹底した現実路線の利権派〉という表現は残っている。なんとも中途半端な改訂ではある。

松原（更池）支部＝六九年組という記述は、間違っているのですべて改められた。だが、改変することで奇妙な記述になってしまっている。たとえば——。

改訂前→上田が、運動先進地であった向野ではなく、「六九組」の更池に移り住んだのは、一見すると意外に感じる。

改訂後→上田が、運動先進地であった向野ではなく、運動としては後進だった更池に移り住んだのは、一見すると意外に感じる。

機械的に〈「六九組」の〉を〈運動としては後進だった〉に変更している。

上田は更池の解放運動を先導するオルグ担当者として当地に赴任し、同時に移り住んだ。〈運動として後進〉であったかはともかく、仮にそうであれば、移り住んだのは意外でも何でもない。後進の指導にあたるのがオルグ担当者だからだ。差し替えるなら、意味が通る文章に変えなければならない。

〈上田が解放運動の中でのし上がるきっかけとなったのは、「大阪府中小企業連合会」という利権団体の創設だった〉

この文章を改訂版では〈利権団体〉の〈利権〉を削除しているが、他はそのままだ。

前にも指摘したように、大阪府中小企業連合会（中企連）は73年に結成されており、そのとき上田はすでに部落解放同盟大阪府連委員長兼中央執行委員である。政治の世界でいえば、都道府県の知事を務めながら国会議員を兼任するようなものだ。重職を担っていたからこそ、中企連の結成にも携わったわけで、その逆ではない。

上田卓三＝利権政治家と書きたいのなら、まずは史実を踏まえた上で、きちんと取材するべきであろう。

資料を読み、人に会い、それを文章にする。ノンフィクションライターの仕事は、煩雑で大儀である。取材が足りないんじゃないか、もっと資料を博捜《はくそう》すべきではないか…そういった焦燥と不安は、出版前も後もつきまとう。

自分では精一杯やったつもりでも、記述に誤りはある。誤記は避けられない。私を含め、すべての著述家に言えることである。ミスをいかに少なくするかが、執筆者や編集スタッフの課題だ。

その意味で『路地の子』に誤記があるのは、当たり前である。それをどうこう言いたいわけではない。たったひとつの誤記でも、作品の信用性にかかわることがある。それが多数ともなれば、信用は限りなくゼロに近付く。

ノンフィクション界で禄を食んでいる者として、あるいは部落問題をひとつのテーマにする私にとって『路地の子』は、間違いと創作が多すぎる。これをノンフィクションと言うなら、なんでもありになってしまう。

著者の上原は、部落解放同盟の指摘は全面的に認め、改めた。しかし、改稿・加筆した箇所が間違っているというのは、異常としかいいようがない。

増刷につぐ増刷は、札束を刷っているようなもの、と表現される。ベストセラーの慣用句だ。訂正が間違っているのは、これはもう恥を刷っているようなものではないか。

なお、本書を出版するにあたって、上原本人に版元を通じて取材依頼をしたが、返事はかえってこなかった。

第3部

西岡研介×角岡伸彦

［対談］ノンフィクションにだまされるな！

第1部、第2部で取り上げた『殉愛』と『路地の子』の著者とかかわりが浅からぬライターがいる。かつて所属していた地方紙の後輩で、現在は同業者の西岡研介である。私が先に『ゆめいらんかね　やしきたかじん伝』を著した縁で『百田尚樹「殉愛」の真実』をつくる際、同書のキャップの彼から声をかけられた。また、西岡は『路地の子』の著者とも親交があった。この2冊とノンフィクションを語るにあたって、彼ほど適任者はいない。今回は私が声をかけ、対談が実現した。なお、本書で取り上げた2作の著者や登場人物は、敬称を省略した。

西岡研介
1967年、大阪市生まれ。同志社大学卒業。91年、神戸新聞社入社。96年「噂の真相」編集部に移籍。2001年より「週刊文春」専属記者を経て、2006年「週刊現代」に移籍。同誌で、JR東日本労使をめぐる「テロリストに乗っ取られたJR東日本の真実」を連載した『マングローブ』（講談社、2007年）で、第30回講談社ノンフィクション賞受賞。『百田尚樹「殉愛」の真実』（宝島社、共著）、近著に、JR東日本、JR北海道の革マル支配30年を追った『トラジャ』（東洋経済新報社）など。

肩書きは何?

角岡　西岡はノンフィクションライターと自称してるねんな。

西岡　そうです。

角岡　ノンフィクション作家とは言わない?

西岡　いやあ、自称ジャーナリストっていうのが一番うさん臭いと思う。だいたいパチモンが多いんで。「フリーランスのライターです」って言えば、「何を書いてはるんですか?」って聞かれることが多いので、僕は「フリーでノンフィクションライターをやってます」と言うてます。ノンフィクション作家というのは、ジャーナリストよりはうさん臭くはないんですけど、〝作家〟って、フィクションの人が使う用語やと思っているんで。そう呼んでいただくのは結構なんですけど、自分から「ノンフィクション作家の西岡です」と言うのはないわ。羞恥心の問題です。

角岡　俺は〝ノンフィクション作家〟を自称する人間が、一番うさん臭いと思うなあ。本を1冊書いただけで、名刺の肩書きが「ノンフィクション作家」の人がいたよ。俺の場合は、名刺には「フリーライター」と入れてる。なんでかというと、一番〝格〟が低そうやから。たまにフリーターと間違われることもあるけど…。

西岡　取材記者と名乗ることもあります。取材して書くという意味では、実務的じゃないですか。僕は名刺には肩書きを入れないようにしてるんですけど、ジャーナリストとかノンフィクション作家を名乗ってる人って、この人、恥ずかしないんかなと、いつも思います。

角岡　そう言うてる君の名刺は、肩書きはないけど、名前のデザインが大きくて派手で、とても堅気《カタギ》とは思えんけどね。それはともかく、そもそもノンフィクション作家と呼べる人って、少ないよなあ。

西岡　少ないですね。頭に思い浮かぶのは保阪正康《ほさかまさやす》さんぐらいですかね。あと半藤一利《はんどうかずとし》さんとか……。

角岡　保阪さんと半藤さんは、歴史家じゃない？

西岡　そうですね。だとしたら、魚住昭《うおずみあきら》さんかな。

角岡　後藤正治《ごとうまさはる》さんとか。

西岡　そうですね。本田靖春《ほんだやすはる》さんも忘れたらあかん。安田浩一さん……ほかに誰かなあ。田崎（健太）君。彼は編集者をしていたからしっかりしてる。角岡さんのブログ

（『五十の手習い』）を見て、上原の『路地の子』を読んだ違和感がようやく氷解したって言うてたな。

地方紙での記者修業

角岡　西岡と俺は、神戸新聞の姫路支社が初任地なんよね。

西岡　僕が1年生のとき、角岡さんが3年生でしたね。

角岡　同じ職場で、毎日顔を合わせてた。

西岡　僕はサツ回り（事件記者）をやっていて、角岡さんはサツ回りを卒業して、市役所を担当してはった。角岡さんが本社の整理部に行くまでの2年間……。

角岡　いや、姫路には3年しかいなかったので、西岡とは1年だけやで。

西岡　1年だけでしたっけ!?　そのわりには、よう飲みましたねえ。

角岡　西岡も俺も、神戸新聞に入るまでダブってるのも共通してる。俺は浪人、留年、既卒で入社試験を受けたから、ストレート組より3年遅れで入社してる。大学時代は同じ学年の重度障害者の就労闘争をやってて、自分だけが卒業するわけにいかんから留年して、就職活動もせんと、そのまま卒業した。アルバイトして金を貯めて世界貧乏旅行に行くか、韓国に語学留学するかを考えてたんやけど、ふと、そんなんいつでもできるわと思って、既卒でも受験できる新聞社を受けた。89年入社で、まだバブル期だったから、なんとかもぐりこめた。

西岡　僕は大学を90年に卒業して、91年に神戸新聞に入社してます。大学卒業後の1年間は、釜ケ崎で日雇いしたり、滋賀の守山の工場でカーエアコンをつくったりしてました。

角岡　なんでそんなことしてたん？

西岡　なんでって、なりたい職業がなかったからですよ。同志社大学日本拳法部の副将でしたから、就職は引く手あまたでしたけど。

角岡　俺は部落解放研究部と障害者解放研究部、それに国際問題研究部という怪しげなクラブばかりに入ってた。部落や障害者の運動にかかわると、なぜか就職する気がなくなった。

西岡　日本拳法部の部員の多くは、証券会社、銀行、保険会社なんかに入りましたけど、それも向いてへんしねえ……。特にやりたいことはないのに、就職活動するわけにもいかへんから。

角岡　いやいや、普通するやろ、俺が言うのもなんやけど（笑）。

西岡　それで守山の工場で働きながらブラブラしてたら、母親がブチ切れよったんですよ。「日雇いやらすために大学に入れたんちゃうぞ。どれだけ費用かかったか知ってんのか！　カネ返せ。返すのが嫌やったら、どこかに勤めろ！」と詰められて。そのころは、どこの会社も既卒は厳しかった。一回大学を出てしもたらエラいことになることがわかって、採ってくれるのが新聞社しかなかったんですよ。

角岡　それは俺も同じやな。

西岡　でも、入社して、自分が取材したことを新聞記事に落としこむのが、ずっとしっくりこなかったんですよ。神戸新聞には7年いたんですけど、7年経っても書いた文章が自分のものではないような気がして、このままいても長続きせえへんやろなと思ってました。結局、雑誌のほうが肌に合ってたということなんですけど。

新聞社を辞めて『噂の真相』に3年半、『週刊文春』には4年半いましたけど、取材に関しては、神戸新聞時代の7年間で学んだことは大きかったですね。トレーニングの場としては抜群やったなあと思います。

角岡　取材現場には最後まで残れと言われたし、どこの社よりも詳しく書かなあかんかったからね。必然的にしつこい取材をせなあかん。その意味では修行させてもらった。

西岡　取材していたことがひっくり返ることもしょっちゅうありました。誤報に代表される怖い経験もいっぱいしましたわ。『マングローブ』（２００７年）を書いて、50件も訴えられましたけど、新聞記者時代に、歳をひとつ間違えたとか、事実関係が違ってたとか、あの時の怖さに比べたら屁みたいなもんです。怖い経験を死ぬほどしたから、事実関係にはめちゃくちゃ神経質になる。

角岡　俺も神戸新聞時代は、書いた記事に間違いが多くて、デスクによう怒られた。「お前が書くものは、一切信用せん」と言われたこともあった。要は取材、確認が甘かった。今ふり返ると恥ずかしい限り。今も間違えることはあるけれども、かなり落ち込む。訓練を受けてないライターは、平気で嘘を書く。また、間違っても、なんとも思ってない。

西岡　取材は人の話を聞くだけじゃないですからね。聞いてそれを資料で確認して、確認できんかったらその人を知っている人にあたって、聞いた話を確かめる。事実であるかどうかを裏付けていくために、あらゆることをするのが取材です。作家の百田は論外だけど、ノンフィクション作家の上原は、それがわかってない。百田は、さくらに２００時間取材した、３００時間取材したと言うてるけど、何時間、何年取材しても一緒やから（笑）。

角岡　誰にどんな取材をするかが重要なわけで。

西岡　どんな小さな嘘でも、虚偽を書くのは絶対にあかんということは、教えられるんじゃなくて、叩き込まれるんです。問題があるライターは、事実でないことを書くのが恥という感覚がないんですよ。事実に関する向き合い方がまったく違う。トレーニングもあるけど、もともとの資質もある。上原はこの仕事に就いたらあかん人間やねん。そやのに、承認欲求は人一倍ある。

角岡　『殉愛』で百田が取材しているのは、さくらとテレビ業界の人ばっかりで、彼女が嫌ってる、たかじんの元マネージャーや娘を全然取材してない。これは、僕らライターは、わからんでもないのよね。面倒くさいなあという点で。それはわかるけど、取材しないまま作品化してしまうのは、どうかなと。

西岡　少なくとも、相手に連絡ぐらいはするじゃないですか。後々、訴訟に発展する可能性もあるから。ただ、今日質問状を送って、明日答えてくれというのは、さすがに無茶なんで、相手に、回答に要するであろう相当の時間を与えますよね。その間、相手が反論してきたらどうしようとか考えるわけじゃないですか。さらに取材が要るなあとか。億劫やけど、絶対に必要なこと。気は重いけど、それをしないなら書くなという話。それが基本的にわかってない。

角岡　あるいは、ぼやかして書くか。あと、さくらvs.たかじんの娘・元マネージャーの対立を書く必要があるのかという話なんやけどなあ。

西岡　それは角岡さんが〝普通の人間〟やからですよ。百田は、さくらの怒りにシンクロしている。僕らは〝普通のライター〟やからこの話は関係ないと考える。たかじんの闘病記を書いたらええわけで。ところが彼（百田）は、さくらに「そこ（対立関係）を書いて」よと、強く要求されたわけでしょう？

角岡　かもしれん。けど、仮にそう言われても、俺やったら「それはちょっと待って」と言うやん。

西岡　だからそれは〝普通のライター〟がすることなんですよ。「事実かもしれんけど、そんなことを書いたら、あなた自身の人間性が疑われますよ」と普通は言いますよ。普通じゃないんだから、ふたりの関係も、取材者も被取材者も。

角岡　なかなか、ええコンビやなあ。

西岡　そういう意味では、さくらは天才なんですよ。百田を選んだのは、さくらの勝利。ただ、彼女の誤算は、インターネットで総攻撃を受けたことと、僕らが書いた本（『百田直樹「殉愛」の真実』）で反論されたこと。

売れればいいのか？

角岡　第1部に書いたけど、今回『殉愛』に関する雑誌記事を読み直したら、『週刊文春』に、百田がさくらの戸籍を見たと書いてた。だとすれば、さくらの結婚歴はすべて知ってたはずやんか。何回も結婚していたことを知ってて、全篇を通して独身であるかのように書ける？

西岡　いや、それはそうなんです。百田には、取材のトレーニングを受けて何とかなる部分とか、反省するとかは、一切ないと思うんですよね。ただ、自分が書いていることはデタラメだと分かって書いてたのか、ほんまに騙されてたのかといえば、百田は彼女を信じてたんやと僕は思うんですよ。

角岡　百田も法廷でそう証言していた。考えてみれば、戸籍を見るというのも変な話やけど、どういう経緯でそうなったんやろ？　さくらが見せたんかな？

西岡　僕は「戸籍を見た」という百田の話自体が嘘とちゃうかと思ってます。稚拙な嘘をつくじゃないですか。本では「面識ない」って書いておきながら、裁判では「たかじんさんの家まで行きました」と言える。そこが百田の凄いところですよねえ。

角岡　何が本当で、何が嘘かわからない。

西岡　そう、深いんですよ。息を吐くように嘘をつきますから。

角岡　ただまあ百田が書いた『日本国紀』（幻冬舎、2018年）も『「日本国紀」の副読本』（産経新聞出版、同）も読んだけど、短期間で集中して書ける能力は凄いね。日本の通史を研究者でもない素人が書こうとは思わない。それを短期間で仕上げるのは、質はおいて凄いと思う。日本では他にはいない。

西岡　集中力が凄い代わりに、まわりが全然見えてない。天才肌によくあるケースで、力の入れ方が間違っているだけの話。

角岡　出版社にとっては、ありがたいやろね。

西岡　質を問わない出版社ですからね。売れたらいいんですよ。やっぱり、編集者の責任もあると思うんですよね。反中嫌韓本もそうなんですけど。売れればええという、下の下の発想ですから。『殉愛』も『路地の子』も、しっかりした編集者がついていたら、こんな本にならんかったと思う。

角岡　書き手もそうやけど、編集者の資質も問われる。

西岡　嘘の本を出さないというのは、編集者の最低限のモラルじゃないですか。けれども、それでもええ、売れればええという編集者がいたり、出版社がある。それぐらいレベルが落ちとるわけですよ。だからこういうゴミみたいな本がはびこる。絶対にあかん現象なんやけども。僕らがどれだけ影響力あるか知らんけれども、ひとつひとつ潰していくしかない。

百田は放送作家の〝放送〟をはずしたかったみたいですね。でもまあ、テレビ屋の百田が、今の時代潮流に乗るのは当たり前の話です。でも、上原が時流に乗るというのは、もっと罪が重いことやと思う。百田がまともなことを書いてるとは、普通の人間は思わないじゃないですか。そう思われなくてもかまへん人やから。要はトランプ大統領と一緒で、ポスト・トゥルース。トランプの言うこと、書いてることを信じる。読者が騙されるということじゃなくて、それを読者が欲してるんですよ。

上原の罪深さは、野村進さん（拓殖大教授）とか大阪大学の仲野徹さんとか、どちらかというとリベラルな人を騙している。日本文化にとって、きわめてヤバイ現象やなと思う。

『路地の子』のトリック

角岡　西岡は、上原とは付き合いがあったんやったな。何かの機会で彼に会うた時に「この前、西岡さんと飲んだんですよ」と嬉しそうに言うてた。

西岡　2010年に『日本の路地を歩く』で大宅ノンフィクション賞を受賞したときに、個人的にお祝いしたんですよ。だから『路地の子』を読むまでは、『日本の路地を歩く』もそうですし、『被差別の食卓』（新潮新書、2005年）とか読んで、自分の中では割と高く評価してたんですよ。嘘を書くライターやと思ってなかったんで。

角岡　でも、『路地の子』がかなり酷いので、それ以前に書いた作品は大丈夫かな？　とは思うよね。それはともかく、俺も彼の作品はけっこう読んでた。同じ立場（部落出身）でもあるので、どんなものを書くのかは注視してた。2012年に対談する機会があったので、単行本やそれまで彼が雑誌に書いた記事は、手に入る限りすべて読んだ。で、どれも取材が薄いなあと思った。本編第2部でも書いたけど、実話誌に書いた部落の探訪記事なんか、取材もせんと書き飛ばしてる。

西岡　それはやっぱり、角岡さんがそういうジャンルに強いから、そう思うんと違いますか？　この問題に通底するのはそこですよ。部落問題は、けっして「触ってはいけないタブー」なんかではないんやけど、広く理解はされていない。『路地の子』になぜ騙されるかというのは、読者をいったん信じ込ませるトリックがあるからなんですよ。

角岡　というと？

西岡　1章が肝ですよ。ここで読者は引き込まれるんですよ。屠場《とば》の様子とか、更池の当時の様子は、徹底的に書き込んでる。自分の思い出話を含めて。部落の外の人、僕もそうやけど、そこは全然わからない。とくに凄いのは、1章の9ページから19ページまでの上原の親父とライバルの武田剛三が登場するまでの10ページ。これでみんなコロッといかれるわけですよ。屠場の様子、牛を屠《ほふ》って肉にしていく過程、このディティールは、通常は知ることができないもん。

角岡　それはそうやね。

西岡　さすがは被差別部落で育った人間やなあ、父親の作業を横で見てたんやろなあ、わかってるわあ、間違いなく「自伝的ノンフィクション」やと、読者はここまで読んで、そう思うわけですよ。ここまでで読者をロックオンしとるんですよ。そこのテクニックが、群を抜いてる。

角岡　なるほど。

西岡　びちっと決まってから疑惑のシーンが出てくるわけですよ。武田剛三が牛刀を持って追っかけまわすシーンが。でも、これって本当にあったことなのか、検証しようがないじゃないですか。

角岡　地元で取材すると、牛刀や拳銃を持ってケンカしたという話は聞いたことがないということなんやけど。

西岡　要は、上原は人を騙すためにつくってるわけやから。だから当然、後半は内容が薄い。たとえば、BSEから東日本大震災までとか。だってこれは取材せなあかんもん。取材は自分の親父以外には二人ぐらいしか聞いてないと思います。資料にはあたってないし。強い意志をもって取材しないんですよ。

角岡　取材しない？

専門分野は読者に分りにくい

西岡　自分の親父が語った話があるでしょ。それを、そのまま書いたら一番楽じゃないですか。たとえば僕は、後藤忠政・元後藤組組長の聞き書きをしたことがあるんですが（『憚りながら』宝島社、2010年）、聞き書きでも間違っていたら恥ずかしいですよね。

角岡　そらそうや。

西岡　取材相手が記憶違いしてたりとか、時系列がずれてたりとか、登記簿をあげたら所有者が違ったりとかいうことは、往々にしてあります。しかし上原は、そういう確認作業を初めからする気がないんです。

角岡　取材が嫌いというのは、本や雑誌記事を読んでたらわかるけどね。だから内容が薄いわけで。

西岡　たとえば僕は、自分自身が書いてきたＪＲやヤクザのことなら、他人様の書いたものでも、取材の薄さ濃さはわかりますよ。けれども、『路地の子』を読んでも、その取材が濃いか薄いかはわかりませんし、一般読者もそこは同じやと思いますよ。

角岡　そうかなあ……

西岡　それはだって、角岡さんは部落問題を取材してるから。『被差別の食卓』でも、ブルガリアでハリネズミを食うシーンがある。そういうカマシがあると思うんですよ。『路地の子』で言うと、本当は63年に解放同盟の支部が設立されたのに69年組に入ってたなんて、一般読者にわかりませんよ。

角岡　まあ、それはそうやけど。

西岡　たとえば『同和利権の真相』シリーズ（宝島社、２００２年〜）は、読者に部落問題の理解があんまりないから、あれだけ売れたわけじゃないですか。全部がデタラメとは言いませんよ。でも、両論併記をしていないわけで、共産党と対立する解放同盟の言い分は書いていない。しかしそれは、普通の人にはわからない。

角岡　確かに。それはそうやけど、『路地の子』は、間違いが多すぎるわ。

西岡　新潮社の校閲って、厳しいはずなんですよ。でも、この本に関しては、上原の原稿を信用しきっている。校閲しようと思ったらできる。ゲラの段階で〝更池支部〟でひっかかるはずやないですか。調べたらそんな名称はないとすぐにわかるから。校閲担当者がゲラに入れた「？」チェックを上原本人が外してるんですよ、おそらく。

角岡　ありうる話やね。

西岡　地元ではそう言われてたんやから、とかいう理屈で。校閲は「資料ではこうなってますが……」って、二校でも三校でも主張していると思います。要は著者との力関係で、編集者は言えない。

角岡　著者が地元の出身だから、ということもあったんかな。

西岡　百田もそうやけど、上原にも信者はおると思うんですよね。そういう意味では、彼をライターとして使ってきた編集者にも責任はあるんですよ。自己承認欲求を満たせて商売になるから書いているだけ。基本的に取材ができひん。先に言いましたが、取材は人に話を聞きに行ってその裏付けを取ったり、資料をあたったり、分析する能力も要る。彼にはそういう意志も能力もない。

角岡　そこまで言う？

西岡　彼にとって部落問題は、被差別部落出身という当事者性しかない。ノンフィクション作家を名乗るんやったら、とりあえず当事者性と自分史は脇において、取材して書かなあかんわけでしょ。そういう意志も能力もない。でも、認められたい。

それを実現するのに一番手っ取り早いのは、同和利権ですよね。「解放同盟＝同和利権」という構図。ずっとこれでやって来た。この分野はライターが少ないし、安直に商売になって、かつ検証されにくい。『路地の子』も、角岡さんが検証せんかったら、結局、誰がすんねんという話。

角岡　やってて、全然楽しくはなかったけどね。

西岡　もちろん、部落解放同盟の弱体化もあるし、安易な〝タブーに挑戦〟みたいな風潮もある。彼だけが悪いということじゃないけど、彼が食っていけるニッチな場所ができたわけです。それで今まで来たわけですよね。ライターになって、大宅賞までとったのに、インチキ人生で。事実と向き合うことが面倒で避けてきて、その集大成が『路地の子』でしょ。怖いものなしで、何を書いても大丈夫だと思ってるから、普通の人間なら書けないことも書く。性犯罪の被害者がいるのに「僕らはお父さんに振り向いてほしかったから」と、（親族の）性犯罪行為を正当化する。僕が仮に、性犯罪被害者の親で、目の前でそれを言われたら、僕は上原をブチ殺してますよ。

角岡　殺したらあかんがな。でも、そのことを含めて書いた『路地の子』の「おわりに」を褒《ほ》める人がいる。

西岡　それはさっき言うたじゃないですか。ここでバチンとかましておけば物語に乗せられるっていうフックは凄いと思いますよ。彼の長所ですよ。

もうひとつは、読者のリテラシーですよね。ここが一番難儀なんやけれども、部落問題に対する理解がそのレベルに達してないんですよ。僕は在日（コリアン）のこととか、日雇いのこととかやったらわかるけれども、部落問題はそんなに詳しいわけではない。一般読者も同じやと思うんですよ。

主人公が仮名は「ジ・エンド」

角岡　とはいえ、（実在の大手食肉卸会社）ハンナンが「カワナン」（の仮名）で出てくるやんか。ピストルで脅されてどうのこうのとか。

西岡　あんなの、見逃すかという話やね。

角岡　なんでカワナンなん？　という疑問は、部落問題の知識とはまったく関係ない。

西岡　関係ない。新聞記事を読んでいればわかることやからね。

角岡　カワナンは、常識があればハンナンとわかる。

西岡　野村進さんとか仲野徹さんが知らんわけないわな。

角岡　仮名は嘘が入る余地ができる。本田靖春さんはノンフィクションをキーパー以外は手を使ったらあかんサッカーに喩《たと》えた。ノンフィクションは手を使ったらあかん、フィクションを交えたらあかんと。

西岡　上原の本も、あぶない箇所がありますよね。たとえ仮名であっても、訴訟を起こされたら負けますよ。起こされてないだけの話で。証言内容の真実性、あるいは真実相当性に自信がなければ、さらには、その証言をめぐって訴えられても受けて立つという覚悟がなければ、本来は書いたらあかんのですよ。仮名、イニシャルで逃げられると考えている百田や上原は甘いんですよ。もっとも、百田は訴訟という洗礼を受けざるを得なかったんですけれども。

上原が何の意図でカワナンにしたんかわからんわ。それならまったく変えてしもたらええのに。「見たらわかるでしょ、ハンナンですねん」みたいな感じのつけ方は、いやらしいよね。

角岡　そうなんよ。なんでそんなことする必要があるの？　という話やねん。

西岡　それは自分のニッチ分野を守るためですよ。商売になるというだけで。更池に生まれたというだけで、あとは何もない。取材力も文章力もなくて、あるのは下卑た根性だけ。彼が言うところの〝同和タブーをひとり切り拓いてきた〟ことを親父の口で補填《ほてん》してる本ですから。

「俺も若いころはブイブイいわしとってな」と、親父が自慢するという話はようありますやん。だけど、それをそのまま書くのは、ジャーナリスト、取材記者の仕事ではないです。「(ハンナンを) カワナンと書いても、わかる人はわかるでしょ」といういやらしさが嫌いやねん。やってることは、「わあ、同和利権や！」と言うてる奴と変わらんから。堂々と勝負せんかい、ハンナンて言わかんかい。浅田満って書かんかい、という話です。

角岡　上原の父親の名前も仮名やから。

西岡　そこなんですよ。僕も角岡さんの指摘で知ったんですよ。主人公として登場している親父の「上原龍造」は実名だと思うでしょう？

角岡　俺も名前まで知らんかったけど、地元で取材したらすぐにわかるやんか。

西岡　主人公が仮名というのは、ノンフィクション作品としては「ジ・エンド」。終わりじゃないですか。なんでそんなんするんやろか？　意図がわからへんわ。

角岡　地元の人からしたら、これは誰やねんとか、こんな名前の人おらへんということになるやん。

西岡　当然。

角岡　なんでそんなことができるのかが、わからへん。

西岡　彼は東京で生きとるから、東京の編集者、読者さえ騙しといたらええんですよ。あとの対応は出版社がしますやん。ムラの人たちが声を上げることがないと思うとるわけですよ。

角岡　これまでは、そうやったと思うわ。

西岡　前にも言ったように、背景には部落解放同盟の弱体化があるわけです。こんなん昔に書いとったら、エラいことですよ。そこはよう知っとるわけで、そういう状況を利用して書いとるわけです。「僕もムラの出身ですねん」と言うて、上手に利用して金儲けしとるだけです。

『噂の真相』編集長の功罪

西岡　言い訳するわけやないですけど、上原が『噂の真相』に部落出身芸能人をイニシャルで書いたとき、僕はもう退社してました。でも、編集長の岡留（安則）って、タブーに挑戦するんやったら何をしてもええ、アウティングもかまへん、そんな感じの発想やったんですよ。だから上原とは、全然マッチしたんですよ。僕は「人が死にますよ。やめときましょ」って言うてたんですけどね。岡留は「俺はコバケン（小林健治・元解放出版社事務局長）と付き合ってるから、部落問題は精通してるんだ」というようなことを言う人でした。基本的に全然わかってなかったから。デスクの川端（幹人）も「いいじゃん」みたいな感じで。「いいじゃん」って、責任取れるのかって話で。

角岡　この前、古い『噂の真相』を見てたんやけど、有名人の誰が創価学会員やとか特集してた。ああいうのが好きやったなあ。

西岡　だって、タブーに挑戦やもん。タブーでも何でもないねんけど。アウティングは好きですよ。

角岡　岡留さんにいろんな業績があるのを認めるのはやぶさかではないけど、彼が亡くなったとき、関係者が新聞や雑誌でベタ褒めしてたのには、ちょっと違和感があったけどなあ。

西岡　功罪相半ばしますよ。こういう〝ゴミ〟が生きる温床をつくった一人でもある。上原はそういうところで育って今までやってきてね、抗議を受けたこともないから信じられへんようなことを書くんとちゃいます？　カワナンとか親父が仮名とか、ちゃんとした担当編集者がいたら、こうはなってなかったと思いますよ。

角岡　不幸な話やな。

西岡　早めに潰しとくべきやったんですよね。業界で生き残れるニッチなところがあって、それが被差別部落だった。事実と虚偽の区別がつかへんような人間が、ものを書いたり、公に発言したりする。そして、それらの内容を、事実か虚偽かにかかわらず、支持する人たちがいる。僕はこういう人たちを総称して〝フワフワした人たち〟って呼んでるんですけど、メディア、特に出版社がこういう奴らを肥大化させて、社会に害悪を撒き散らすようになってきた。

そういうこともあって、ノンフィクションというジャンルが段々読まれなくなってきた。ただ単に面白くなくなったというだけでなく、粗悪品が出回るようになったら、買わなくなりますって。

多数派におもねる危険性

角岡　あと、マジョリティにいかに受けるかというのを、マイノリティがやりだすと、これはヤバイなあと思うねんけど。

西岡　上原って、戦時中に皇民化を目指した在日朝鮮人組織の「協和会」みたいなもんじゃないですか。日本人に擦り寄って、民族の誇りを忘れた人間。今だと呉善花《オソンファ》なんかもそう。日本人に気に入られるような韓国人・朝鮮人。「協和会」型の人間は、基本的に当事者がブチ殺さんとしょうがないんで、上原はムラの人がやるしかないですよ。

やってることって一緒じゃないですか。差別者に阿《おもね》って。思想的なものがあって書いてるわけでもない。同和利権、解同のやってることはおかしいやないかと書いてる割には、そこまで取材してませんから。

角岡　そういう意味では、共産党系のライターは、まだ取材してる。

西岡　視野の偏狭さは別としてね。よく取材してますよ。かもがわ出版の『関西に蠢く懲りない面々』シリーズ（90年代～）で書かれてあったことを2次使用、3次使用して編集したのが宝島社の『同和利権の真相』シリーズですけど、それをまた利用したのが上原で。でも、これで年貢の納めどきかなあ。

角岡　それにしても、ものの見方が浅くない？　解放同盟と共産党が共通する点は、同和利権の獲得だったって…。書評を書いたインテリも、すっかり騙されてた。

西岡　それは、解放同盟員でもない、共産党でもない、第三の視点が新しいと信じ切ってるからですよ。

角岡　上原本人も、そう思ってるからね。

西岡　なぜ『路地の子』がウケるのか。それはフィクションとしてドラマチックだからですよ。「うわ、スゴイ」って。ただ、フィクションとして読んで面白かったかと聞かれると、それこそ薄いですよ。お父ちゃんもお母ちゃんも書けてない。きょうだいもほとんど出てこないでしょ。最後に決め台詞みたいに、兄の犯罪歴は書くくせに。ハンナンの浅田のほうが怒濤の人生であってね。やっぱり、それほど部落問題って理解されてないんですよ。

角岡　部落民や屠場が出てきただけでなあ……。

西岡　暴力シーンはウケるわけです。当然、作者はそれを意識して書いてる。

角岡　テーマは非常に面白いと思うよ。「カネさえあれば差別なんてされへんのや！」という男の話は。ただ、それがどうなったのかは書かれてないし、部落も出てるし、なんやねんという話。

西岡　そんなことを考えて読んでる読者は少ないですよ。それよりも、牛肉偽装事件*のあたりが一番大切なとこやのに、あっさり書いてる。一番大切なとこやのに書けてない。ノンフィクションとしても、小説としてもアウトですよ。

角岡　本編でも書いたけど、上原は、地元や部落問題の知識も乏しいし、それゆえにディテールもおかしい。部落解放運動が何のために始まったかというと、差別があるから反差別の運動があるわけで、カネがほしかったというような単純な話ちゃうやろと。また、そんな内容の本がウケるというのは、やっぱりヤバイんじゃないかなと思う。「そうか、反差別運動ってカネがほしかったんや」って、そんなふうに思われると「それはちゃうで」って、誰かが言わんとおかしなことになる。

西岡　一連の流れがあるわけじゃないですか。牛肉偽装事件があって、大阪の解放同盟の支部長が逮捕された飛鳥会事件*があって、そこから解放同盟が叩かれた。その流れで上原も書いてるわけでしょ。それって、ものすごく卑怯な〝タブーに挑戦〟なんですよね。相手が強いときにケンカを売るんやったら、それはタブーに挑戦ですよ。弱りきったときに攻めとるでしょ。

上原は、何においても卑怯。ちょっとずつ仮名にして抗議が来んようにするとか。百田が書いた『殉愛』もそうですけど、こういうものがノンフィクションをダメにしていくと思う。嘘は嘘やと言っていかんと。

角岡　ほかに誰も言わんしなあ…。

西岡　「解放同盟＝利権団体」という言説が、牛肉偽装事件でものすごく広がった。上原はそれを利用してるだけじゃないですか。まずい状況のところに、上手に出て来よったなと思いますね。

＊牛肉偽装事件　ＢＳＥ（牛海綿脳症）対策事業として国産牛肉買い取りが行われたさい、

外国産牛肉を国産と偽って補助金の不正受給をしたとして、食肉卸大手ハンナン畜産の元会長・浅田満が、計50億円あまりの詐欺などの罪で逮捕された。証拠隠滅の罪にも問われたが、控訴審で無罪となった。

＊**飛鳥会事件**　２００６年、部落解放同盟の支部長を兼任する財団法人飛鳥会理事長・小西邦彦が業務上横領と詐欺で大阪府警に逮捕される。不祥事として取り上げられたのは、支部長の立場を利用した脱税の斡旋、横領、着服、違法金融である。小西は銀行と暴力団のパイプ役も務めていた。

会話がやたらと出てくるいかがわしさ

角岡　ノンフィクションの方法論についていうと、『路地の子』では、結婚前の父親と母親のエピソードが出てきて、二人が延々と会話してる。会話って読みやすいやんか。でも、ノンフィクションで会話を再現するって難しくない？

西岡　聞き書きであるならば、この人がこう言うたってことは書けますよ。取材では本人が言うたあと、相手はどう言い返しましたか？と聞く。でも、もう片方の発言は、普通は確認できない。ある人がこういうことを言うたらしいということはわかるけれども。

角岡　両親をはじめ、『路地の子』は会話がやたらと出てくるけど、どこまでほんまかわからない。嘘がいっぱい書いてあるので、この会話も創作やろなって思ってしまう。『殉愛』も同じ。俺らは新聞記者出身なんで、会話はものすごく注意するやん？

西岡　なんで注意するかっていうと、ウソっぽいでしょ。「お前、見たんかい？」ってなるじゃないですか。

角岡　それで言うと、たとえば牧久《まきひさし》さん（『昭和解体』講談社、2017年・『暴君』小学館、2019年の著者）は、人の発言については、それが確認できるものしか書かないというルールを徹底してる。それは読んでいたらわかる。

西岡　おっしゃる通りですわ。

角岡　事実の詰め方、その書き方が半端じゃない。

西岡　僕は読んでて面白かったですけど、読むほうは大変でっせ。

角岡　そらそうなんよ。そりゃ会話のほうが読みやすいよ。でも、どっちが信頼性があるかという話。

西岡　『路地の子』は、会話にしても、シーンを描くにしても、よう出来とるわけですわ。当事者性と詐欺能力しかないので、嘘を書くのは上手ですよね。でも、最後はしんどくなって、ＢＳＥの発生から東日本大震災まで飛んでしまう。そういう半端もんですよ。短い原稿って、なかなか破綻しにくいじゃないですか。

角岡　確かに。それにしても、こういう本が問題にならなかったというのは、どういう背景があるんかな?

西岡　これまでは、部落問題をめぐって問題のある記述は解放同盟に任せたらええ。やってくれるという発想やった。だけど、今は運動側にその体力がない。戦う軸を変えていかないとあかんのですよ。角岡さんが上原を検証する、僕が百田を検証するというふうに個々でやっていくしかない。在特会問題であれば安田浩一さんとか。

そういう意味では、取材者の仕事は、大切にはなってきてる。そういうライターが増えてこないと。これまでのように運動団体に期待することはできない。このふたりは、うまいこと時流に乗ってるわけですよね。それに抗うというのが、僕らの仕事でもあるわけやから。

あとがき

第3部の対談でも述べたが、他人の著作をあれこれ論評するのは、気持ちがいいものではない。はっきり言って憂鬱《ゆううつ》だ。読むに値し、称揚したい本なら、まったく問題はない。その逆である。

「エラそうに人の批判をしているお前は、どんな立派な本を書いてるねん？」と問われれば「いえ、大したものは書いてません」と正直に答えるしかない。自著を読み返すたびに、ああここは取材が足りなかったな、もっとこう書けばよかったな、と反省することしきりである。

欠陥本をとりあげるのは、やむにやまれぬ事情があってこそである。これはおかしい、放っておけばヤバイことになる、誰も書かないのか…そんな状況が迫っている場合に限ってである。

だが、他人の著作をあげつらった原稿は、どこのメディアも掲載してくれない。〃お抱え作家〟の批判を受け付けない、出版社独特の悪弊もある。けっきょく、まずは自分のメディアで始めるしかなかった。

本文でも触れたが、本書の第1部の『殉愛』裁判傍聴記と第2部の『路地の子』の検証は、私のブログ『角岡伸彦　五十の手習い』での連載がもとになっている。ただし、まとめるにあたっては、加筆・訂正・再構成した。入りきらなかった情報や著者の文章・作品論に興味がある方は、そちらも参照していただきたい。

第1部の『殉愛』をめぐる裁判では、元マネージャーが原告のそれを主にとりあげた。元マネージャー同様に、取材も受けずに好き放題に書かれた、やしきたかじんの実の娘が原告になった裁判については、『百田尚樹「日本国紀」の真実』（別冊宝島社編集部、宝島社、2019年）所収の拙稿「『殉愛』法廷に見る百田尚樹「虚言」の検証」をお読みいただきたい。

この裁判でも百田被告は、堂々と自説を開陳している。見出しにある〈『殉愛』より面白い「百田法廷」〉は、ウソではない。

ブログおよび本書の執筆中は、駄本を繰り返し読むというストレスフルな生活を余儀なくされた。その間の私のストレス解消は、ツイッターで良書を紹介することだった。欠陥本をけなすより、良書を紹介するほうが、はるかに精神的にいい。良書は活字が捨てたものではないことを再認識させてくれる。

そちらもご笑覧いただければ、私が文句を言うだけの偏屈な人間ではないことがわかっていただけると思う。いや、やっぱり、偏屈であることに変わりはないか…。

著者

2019年11月23日（勤労感謝の日）

著者紹介／角岡伸彦（かどおか　のぶひこ）
1963年、兵庫県生まれ。関西学院大学社会学部を卒業後、神戸新聞記者などを経てフリーライター。大阪市在住。
2011年『カニは横に歩く 自立障害者たちの半世紀』（講談社）で第33回講談社ノンフィクション賞受賞。著書に『ふしぎな部落問題』（ちくま新書）、『百田尚樹「殉愛」の真実』（共著・宝島社）、『ゆめいらんかね やしきたかじん伝』（小学館文庫）、『ピストルと荊冠　＜被差別＞と＜暴力＞で大阪を背負った男・小西邦彦』（講談社＋α文庫）、『はじめての部落問題』（文春新書）、『ホルモン奉行』（解放出版社）など。
ブログ「角岡伸彦 五十の手習い」連載中。

モナド新書 013

ノンフィクションにだまされるな！
――百田尚樹『殉愛』上原善広『路地の子』のウソ

2019年12月30日　初版第一刷発行

著　者　角岡伸彦
発　行　株式会社にんげん出版
〒101-0051
東京都千代田区神田神保町2-12　綿徳ビル201
Tel 03-3222-2655　Fax 03-3222-2078
http://ningenshuppan.com/

装丁・本文組版　板谷成雄
印刷・製本　中央精版印刷㈱

ISBN 978-4-931344-50-1　C0236

モナド新書の刊行に際して

「なぜ私はここにいるのか？」自分にそう問いかけて、たしかな答えを返せる人はいないだろう。人は誰しも生まれ落ちる時と場所を選べず、そのときどきの選択とあまたの偶然に導かれて今ここに至っているにすぎないからだ。つまり私たちは必然的な存在ではない。にもかかわらず、こうなるしかなかったという意味で、私は世界で唯一の存在である。

そのようにして在るかけがえのない〈私〉は、ライプニッツのいうモナドとしてとらえることができよう。ところがモナドには窓がないという。そのため、たがいの魂を直接ふれあわせることはできず、それぞれが孤立したまま活動を続けていくしかないのだと、ライプニッツはわれわれを突き放す。それでもモナドは自らの経験を捉えなおそうとして言葉を表出する。言葉は頭の中にものを考えるリズム感覚と広い空間を作り出し、モナドはたがいが表出した言葉を介して交流してゆく。

ここにモナド新書として刊行される書物たちもまた、孤独な歩みのうちに自らを鍛え、掘り下げられた言葉によって人々につながろうと意欲するものである。ただし、つながることイコール融和ではない。対立や矛盾を包み込むのではなく、読者を個別に状況に突き返し、そこでの闘いを励ますためにこそモナド新書は編まれる。